创意写作书系

THE ART OF MEMOIR

自我与面具：回忆录写作的艺术

[美] 玛丽·卡尔◎著
（Mary Karr）

修佳明◎译

中国人民大学出版社
·北 京·

“创意写作书系”顾问委员会

献给萨拉·哈韦尔和布鲁克斯·哈克斯顿，感谢你们数十年如一日地明示我应当如何

致　谢

我要把特别的感谢献给我出色的代理人阿曼达·厄本、哈珀柯林斯出版集团的乔纳森·伯纳姆，还有我无与伦比的女编辑詹妮弗·巴斯，她曾引领我走出了重重迷雾。全书的审稿人马克·科斯特洛、拉丽莎·麦克法夸尔和吉奥弗里·沃尔夫也在我疲惫不堪时赐给了我继续前行的动力。我要向你们致以全心的敬意。

买者自慎

没有人选举我做回忆录写作的掌门。我不为别人发声，只为自己代言。每一位名副其实的作家都自成一格。在真实事件的处理、回忆、调查、同家人和其他人士打交道、相关法律事宜以及说话口音等各个方面，回忆录作家们的方法都与我迥然有别，这种差别与我们在生活上的差异同样广泛。从其他人那里学到的东西，我会加入到书中。但这并不是一本总揽这种文体流行创作方式的简明手册。

地狱中有一地，专为那些自我征引的作家而留。可有些时候，我被迫只能把于别处讲述过的奇遇在此重述一番。引用比我自己的作品更好的著作，真是贵得要命；不然的话，纳博科夫在此书中的出镜率本应高上许多。书中列举了一些伟大的回忆录作品。把这些作品放在一起进行研读，曾令我获益匪浅，无疑也会对你们有所助益。而我用以分析书的那些方法，或许将引你们爱上这些杰作。

我为成此书，采访了非虚构文学各种不同文体的大师，在此对他们致以特别的感谢：菲利普·古里维奇、凯瑟琳·哈里森、麦克尔·赫尔、乔恩·克拉考尔、拉里莎·麦克法夸尔、杰瑞·斯塔尔、加里·施特恩加特、谢丽尔·斯特雷德、吉奥弗里·沃尔夫。而与下列诸友在过去几十年中的对话切磋，令我受教良多：马丁·艾米斯、玛雅·安吉罗、爱德华·贝克神父、比尔·布福德、罗伯特·卡洛、弗兰克·康罗伊、罗德尼·克罗威尔、马克·多蒂、戴夫·艾格斯、露西·格里利、汤亭亭、菲尔·杰克逊、詹姆斯·马丁神父、SJ、彼得·马修森、詹姆斯·麦克布莱德、弗兰克·麦考特、卡罗琳·西、邝丽莎母女、约翰·埃德加·怀德曼、托拜厄斯·沃尔夫、科伦·宰尔卡斯。德米特里·纳博科夫助我充实了对其父回忆录的思考。

最后需要指出的一点是，我在此书中所讲的很多内容，也许同样适用于小说、诗歌、情书、银行开户申请或假释委员会答辩——或者简单来说，适用于任何种类的文字。但既然他们付钱让我写的是回忆录，我还是会紧扣这一主题。

序言：欢迎观赏我的咀嚼玩具

不要跟随我，我已迷途，
大师劝奉追随者
及他手中倾斜的钢笔和黄色的便笺。

——史蒂芬·邓恩，《拜访大师》(*Visiting the Master*)

这篇序言是一只会吱吱叫的橡胶咀嚼玩具，我已经抓挠啃咬了它很多年。尽管问题犹在，回忆录这种文类已经走进了它的全盛期，在过去二十年左右的时间里迎来了读者数量的巨大激增。但是几个世纪之前，它还是一种极冷门的艺术——是专属于怪人与圣人、首相和电影明星的领地。三十年前，当我还是一个研究生的时候，我曾听到有人将它比作在大米粒上镌刻主祷文。因此，时至今日，我仍然有一种挥之不去的感觉，觉得自己有义务为它辩护与正名。

回忆录最要我命的地方，亦即我所钟爱之处，部分在于它民主的一面（有人称其为贱民的草昧）——凡是活过的人都可以写一本出来。一名回忆录作家对他笔下对象的热情，也是靠得住的。另外，回忆录的结构总是由平平淡淡的松散片段衔接而成。小说有错综复杂的情节，诗歌有音乐般悦耳的形态，历史和传记则荣享客观真相的光辉。而在回忆录中，一个事件接着一个事件。出生之后是成熟，再之后是性爱。把整本书聚拢在一起的力量，是偶然事件、主题和（最有力地）表达一个人努力为过去寻找意义的纯粹而感人的诗意。

回忆录读者群的扩张，得益于小说的改变。在乔伊斯、沃尔夫、加西亚·马尔克斯、品钦等人的追随者鼓起的风潮影响之下，虚构文学变得更加寓言化、反乌托邦化和超智力化。于是，读者们开始狂饮回忆录，以解现实稀缺之渴。

2005—2010 年，菲利普·古里维奇在顶尖文学杂志《巴黎评论》（*The Paris Review*）的总编岗位上，近距离地观察到非虚构类文学作品的飙升。［古里维奇描写卢旺达大屠杀的经典作品《我们想告诉你明天我们和家人一道将被杀害》（*We Wish to Inform You That Tomorrow We Will Be Killed with Our Families*），也是其中一部杰作。] 他在卸任演讲中提到过去批评家曾嘲讽摄影艺术较绘画艺术而言缺乏原创性，而现在回忆录受到的非难与这种批评相比，可以算是小巫与大巫的关系。下面是他演讲中的一个选段：

> 回忆录、报告文学以及各种形式、长度和风格的书写事实的文学作品，在过去的五十年中迎来了爆发，成就了振奋人心的新篇章。这种文学作品现在已被广泛称为非虚构文学。不过我恐怕，在文学世界里仍然有一种挥之不去的势利观念，想要把非虚构文学从“文学”的范畴中驱逐出去——该观念认为不知为什么，反正相比于虚构作品，它总归是缺乏艺术性、想象力或发明价值……但是我发表的非虚构作品，与虚构作品相比，却是不遑多让。

今天的年轻人或许记不起当年批评家们曾对回忆录进行过旷日持久的口诛笔伐，如威廉·加斯、乔纳森·亚德利和詹姆斯·沃卡特等人，他们极度低能的讨伐运动，让我联想到早期的小说是如何遭到嘲讽的。它们被认为不过是一些“奇思怪想”，既缺乏哲学与布道的道德严谨性，又缺乏诗歌的形式严谨性。

于是，在我花了五十多年的时间读遍自己能搜刮到的每一本回忆录，并在其中三十年的时间内用最好的回忆录进行教学（外加自己也赶出三部有偿的约稿作品）之后，去年一整年，我都在努力为这种文学形式攒造出一种物理学家们愿称其为“统一场论”或“万物理论”的东西。我曾想象过一个更好的自己，她应该早就把这项工作完成了。（我脑中那个叨叨咕咕的声音在说，一个更好的自己也不会把奥利奥吃得满袖子都是。）这个更好的我，拥有一个按字母顺序把书整齐摆好的书架，和一个拆分成一张张幻灯片的大脑。她有一个体格庞大的综合性系统。

为了寻找这个系统，我在去年冬天推着一辆轮子松动的购物车，挤进了一家斯台普斯超市。几个小时之后，我像一条牙缝里拖着猎物的拉布拉多猎犬一样回到家，把买来的所有东西连带着积雪通通抛进屋里 。我买了三个展示架、四大块铝框软木公告板、一套活动挂图以及若干颜色搭配的索引卡片和便利贴。

然而到了夏天，我的起居室——现在改名为“作战室”——已经跟连环杀手专案组的指挥总部没什么两样了。到处是钉起来的卡片，玻璃窗上也布满了彩色的示意图、箭头和笔记。索引卡片上的内容诸如：“介绍麦克尔·赫尔和被剥皮的人。”还有一张卡片上引用了圣奥古斯丁（生活在公元5世纪前后，可能是个性瘾者，同时也被认作回忆录之父——注意，不是奥普拉）的话：“请赐予我贞洁吧，上帝，但不是现在。”我花几个月的时间盯着电脑屏幕上闪动的黑色光标，要不就是把鼻子埋进那些我希望是自己写的书中。我抵抗着自暴自弃的冲动，好歹没有像一只剪坏了毛的小狗一样躲到床底下。

因为恐惧失败，我写下的任何东西都是开篇即废。我心中的自我如狼蛛一般，在饥渴地等待着赞扬来支撑，努力地吓退我，让我连简单地说出那些列队在我面前等待我说出口的最小的事实都没法做到。

不要紧。拥有无限智慧的上帝赠予我们删除键，正为此用。

前不久，我和与我同处教书的一位朋友聊到这项工程，她的一席话帮我卸下了包袱。她提醒我说，在过去的几十年中，我一直在以满怀喜悦的心情为学生们讲授回忆录。我给课堂带来的真正有价值的东西，是对这种文学形式的珍爱，这份珍爱无论是在时间长度上还是在热烈程度上都不输给任何人。1965年，我曾写下这样一句话：“长大之后，我要用二分之一的时间写诗，二分之一的时间写自传。”徜徉于海伦·凯勒和玛雅·安吉罗的传奇人生之中，我这个怪孩子感觉不那么孤单了。以某种泛灵论的方式，我相信她们“只对我一个人说话”（我正在蹒跚学步的儿子曾把同样的说法用在那位惹人生气又自作多情的罗杰斯先生身上）。

真实的第一人称成年故事，总能给儿时的我带来希望，觉得自己某一天终能长大成人，逃离眼前的混沌生活——这便构成了我每一天的阅读时光。我努力想把自己隔绝在自己那不够理想的家庭的混沌之外，而阅读正是社会所能容忍的一种疏离状态。安吉罗身为黑人，降生在《民权法案》出台之前的阿肯色州，而可怜的凯勒则又瞎又聋，如果她们都能从各自的地狱中脱身而出，并成为最高贵的生命——作家——那么或许我也同样可以。每一位回忆录作家都要活下来讲述自己的故事，这种“幸存”常常会像皮下注射麻醉剂一样在我的体内注满希望。可一部同样好的小说，却不能让我产生同样的感觉。

尽管虚构文学常扮演着生活体验和记忆经验的遮羞布，这种文学形式对事件的真实性却从来不做保证。当我翻开一本小说，第一人称的叙事者或许能引我入迷，但书中一切都是虚构的，且没有人真正地经历过，这个事实总会奇妙地阻止我从书的梦境中汲取生活的勇气。对一位坦述自己过去的回忆录作家，我会产生一种深层次的、谜一般的认同感；而对我喜爱的小说家，不论其作品写得多么精彩，都不可与之同日而语。

承认这一点，于我是很尴尬的，因为这听起来太天真了——对我从未谋面的某个人产生“认同”，而那个人不过是一个兜售纸页的小贩，并从我的购买中牟利。我听起来就像是一个在脱衣舞酒吧的男子，以为脱衣舞女真的爱上了自己。

我曾听唐·德里罗说过这样一句俏皮话：虚构文学作家从意义出发，然后捏造事件去表达它；而回忆录作家从事件出发，然后从中榨取意义。如此说来，回忆录意图更加自然地从生活经验中生长出来。

当我问一个本科生班上的学生们，他们喜欢回忆录的哪一点时，我听到他们对那种无疑是很天真的情感发出了共鸣。学生们从回忆录中收获希望，仅仅因为一个简单的事实：作家熬过艰苦的人生关节，并活着讲述出自己的经历。很多张答案纸上都出现了同样一句话："他能活下来就已经是个奇迹了！"讲述对他们而言有一种魔幻般的力量，对我也是如此。"把它讲出来！"越战士兵这样乞求麦克尔·赫尔，而他在《越战亲历记》(*Dispatches*) 中如约完成了讲述。

我知道，我对大多数回忆录中真实性的信心会被视为一种轻信。没错，任何作家和读者之间的关系都有矫饰的一面。以正确方式完成的回忆录是一种艺术，是一种人工造物，而不是未经加工的报道在纸页间的生拼硬凑。这在道德上注定无法圆满：每当你选择写一件事而放弃另一件事的时候，你就已经在改造过去的意义了。另外，回忆录也会使用一些小说创作的手段，比如当你没来得及在现场记录的时候，就需要自行虚构对话。为了调配出一种特别的口音，你还常常不得不捡起诗人的辞藻雕琢工艺。好的作品值得用心研究。你是在为读者制造一段经历，通过自己的表演，把你的过去由里及外地幻化出来，呈现得足够清晰，让读者能够身临其境，而非隔靴搔痒。你要提供一段漫长的旅程，更重要的是，你还得提供从自己那里榨出的全部真实。有些人受到自己内心深处某种理由的奇妙驱使，不得不把过去的真实连根拔出。那些最好的回忆录，虽然也有被改造过的经历，但都源自这些人类个体的灵魂。

事实上，我认识的每一位回忆录作家似乎都承有一种宿命。他们在纸页间对过去的探索，常常是一次极度痛苦的死亡之旅。如果你和他们所有人在一场鸡尾酒会中相遇，会对他们的直白和坦率印象深刻。他们更多地是对过去感到好奇，而不是为自己的说法辩护。

想一想我们都经历过的那种家庭聚餐。关于同一件事，每个人的说法都大相径庭，相互冲突。“那件事发生的时候你还没出生呢。”在餐桌上，我会像一只狼守护它的领地一样为自己的言论辩护。但晚些时候，当我躺在床上尚未入眠之时，我常常会感觉心里发毛，怀疑是自己错了。

除非你是一个持怀疑论者和多愁多虑的人，是一个神经紧张者和勇于道歉的人，同时还惯于反思，不然，回忆录写作恐怕就不是你能安身立命之业。这些素质是我在自己遇到过的传记作家们身上发现的，在所有这些书写人生轨迹的作家身上一以贯之。真实不是他们的敌人，是他们在黑暗的地窖楼梯上摸索时紧握的护栏，是他们的答案。

哇，就在这里了，我那丢失已久的理论，明显窃火于那道德尔菲神谕和它那令人讨厌且几乎不可能实现的要求：“认识你自己。”一个以满满的好奇探刺真实的心灵，足以让你的笔杆子飞动起来。第一步是要萌生一种猛烈的冲动，试图在来自过去的最栩栩如生的故事里，重新鲜活地体验你自己的心灵、身体和悸动的心跳。（毫无疑问的是，如果你本来就没有被这些故事羁绊过，你自然也不会浪费自己的时间把它们写下来。）然后，你把它讲出来就完了，对吧？这便是最难的第二步。下面这段引文来自修士托马斯·默顿的回忆录《七重山》（*Seven-Storey Mountain*），我把文中的“上帝”一词全部替换成了“真实”：

> 我身份的秘密隐藏在真实的爱与慈悲之中……真实念我出口，像念出一个对自己有部分认识的单词。一个单词永远不可能理解把它念出口的那个声音。

当我沉浸于这种如雨雾般氤氲朦胧的想法，走进自己教授回忆录的课堂时，常常像一个刚刚从海滩上跑回的孩子，把自己捡到的贝壳贴到每个人的耳边，一一吹响。我想传达的重大讯息是：听好了！我是一个激情满满、无章可循的老师。我才不在乎什么有的没的。我唯一的工作就是帮我的学生们爱上那些我已然尊崇的东西。也就是说，我会把自己读过的那些于我生命中不可缺少之物展示给他们——《黑孩子》（*Black Boy*）［又名《美国饥饿》（*American Hunger*）］、《我知道笼中鸟为何歌唱》（*I Know Why the Caged Bird Sings*）、《童年：一个地方的传记》（*A Childhood：The Biography of a Place*）、《越战亲历记》、《女勇士》（*The Woman Warrior*）、《停止时光》（*Stop-Time*）、《吻》（*The Kiss*）、《巴黎伦敦落魄记》（*Down and Out in Paris and London*）、《向加泰罗尼亚致敬》（*Homage to Cata Lonia*）、《水的颜色》（*The Color of Water*）、《告别往事》（*Good-Bye to All That*）、《谁杀了托尔斯泰——我被俄国文学附魔的日子》（*The Possessed：Adventures with Russian Books and the People Who Read Them*）、《一个天主教女孩的童年回忆》（*Memories of a Catholic Girlhood*）、《涉足荒野》（*Wild*）、《欺骗公爵》（*The Duke of Deception*）、《这男孩的一生》（*This Boy's Life*）、《说吧，记忆》（*Speak Memory*）——然后，我会把我从这些书中搜揽到的和我自己琢磨出来的有关这种文学形式的所有智慧全部陈列出来。针对有希望成为回忆录作家的学生，我会零散地添加一些简短的清单和课业。

这正是你将在此获得的东西——我在我教授过的书和自己趟过的浑水之间跑前跑后。在这滩浑水中，我写出了三本书，基本上把我这个得克萨斯人烤掉了一层皮。

在我办公室的门外，挂着一幅作家哈瑞·克鲁斯的照片。因为它看上去与文学的感觉蛮不相称，常招致学生们的疑问。在一个英语文学系走廊里悬挂的照片，要么是端庄优雅的诗人迪金森，点缀着白色的细碎网眼花边，要么就是一心向恶的纨绔公子波德莱尔，炫耀着黑色的天鹅绒；而克鲁斯却摆出一派健美先生的架势。他身着一件牛仔夹克，扯掉了两个袖管，弯起露出的胳膊，肱二头肌看起来有蹄髈那么大。他的脸上长满麻子，头发灰白，鼻子看起来被砸扁过不止一次。学院派几乎不能接受任何蓝领式的东西，而克鲁斯的形象正是我的一个小小宣言，象征着我在象牙塔（明显是在强调象牙的白色，也是学院派的主色调）顽固的白领圈子中卑微的根底。克鲁斯肉乎乎的拳头指着自己的下巴，好像他马上就要曲臂挥拳，向上一击，把自己打晕过去。我猜他真的那么做了，因为他不停地在喝"反叛者"威士忌，早就超过了对自己无害的量。（在一次酩酊大醉后，他在自己的胳膊肘内侧发现了一个新的文身，还渗着血，他却完全不记得是何时纹的——那是一条铰链，这让他看上去像个机器，而不再是血肉之躯。）

在某种意义上，书写回忆录的正确方式正是用你自己的拳头把你自己打倒。当然，这份工作因为能够保证个人情绪的充分参与，自有其乐趣所在——谁会对自己的历史漠不关心呢？这种文学形式总是会对它的作者产生深远的心理影响。它没办法不这样。仅就此点而言，还有哪种工作能与之媲美呢？再说，你还有机会和彼岸的亲友们重聚。那些你也许已经渴求了几十年的地方和时代，随着工作的展开，最终也都会在你的左右完成再现。

但在我认识的人中，凡是写出过伟大作品的作家，对回忆录写作最客气的描述就是一场顶级水平的"吃屎大赛"。每个人对过去的错觉与过去真实发生的事情之间总有一段距离，每次当你想努力消除这段距离时，折磨就来了。我在编辑或指导别人的作品走过这一步时，常常感觉自己像《野战排》（*Platoon*）中汤姆·伯兰吉尔饰演的那名残忍中士。他斜倚在一名正在惨叫的士兵身上，那士兵的肠子已经流出了肚子。伯兰吉尔咬着牙，用嘶哑的嗓子低声对士兵说："忍住。"直到那哥们自己闭上嘴，开始机械地把肠子塞回肚子里去。

不管你是个多么有自我意识的人，回忆录都会把你的内在绞得疼痛难当，这正因为它会迫使你和本来的自己战斗——挑战你那些完美的分析和干净的托辞。借用我们的家人常说的一句并非玩笑的话："你要是还手，麻烦就大了。"你的那些小迷信，还有那些根深蒂固的、大多是无意识的伪装姿态，将无一例外地变成拖你后腿的漏洞。

从净化效果的角度来看，回忆录就像一种治疗，二者的差别在于，在治疗中，你付钱给他们。治疗师是妈妈，你是宝宝。而在回忆录中，你是妈妈，读者是宝宝。而且很有希望的是，他们付钱给你。（塞缪尔·约翰逊曾说过："没有人写作不是为了钱，除非他是个傻子。"）

所以，不要担心你记忆中的千疮百孔，不要担心法律诉讼，也不要担心一旦你把布巴叔叔打盹时做的事讲了出来，那些和你共享DNA的傻瓜精神病们会怎么发疯。（我稍后会告诉你如何处理这些困扰。）你是可以做"调查"，换句话说，就是推迟写作。但是你的回忆录的真正敌人，是在你晚上剔牙缝时从剃须镜里向你偷偷眨眼的那一位——你那无知的自我和它千变万化的面具。

克鲁斯的《童年：一个地方的传记》被严重忽视，却魔法般地为我指出了我自己的一种装腔作势的伪态。这本书得到的评价过低，或者说，除了这种文学形式的痴迷者之外，几乎没有人听说过它。我曾经担心它其实并没有我以为的那么好（尤其是因为，克鲁斯的虚构文学作品没有一部能让我叹服），但是我后来终于确信，对这部作品的任何反感情绪，都是一种卑下的阶级意识在作祟。各种形式的阶级优越论总在乐此不疲地把工人阶级的创作排挤到边缘地带。

与《童年：一个地方的传记》这本书偶遇时，我还没有拿到正式的学位，只是一个来自得克萨斯的乡巴佬，在超级文艺的剑桥校园里努力冒充成一位诗人。克鲁斯没有浪费时间去掩盖他自己迷人的过去，于是他把这些原原本本地写在一本书里，成了我的北极星。它到底有多好，我已经无法估量。但是它指引我走出了自己心中最大的隐秘暗洞，让我重见天日。阅读克鲁斯，让我得到勇气去讲述自己用一生积累的那些故事。我在此对他大书特书，是想要强调，当一个人愿意分享自己不成熟的瑕疵怪癖时，他个人形成的影响将有多么神奇。假如我是一个爱好文身的人，那么为了表达对他的感激，我得把自己雕成一座血肉塑像才行。

我要感激的人还有很多很多。我简直像州展会上的产品演示女郎一样，周身裹满纹章彩带，上面烙印着那些最好的回忆录作家的脸庞。也许如果没有克鲁斯，我最终也一样能写成自己的第一本书。但是我从 1980 年前后开始阅读他的书，由此发现了一条捷径——我清醒而敏锐地意识到自己在纸面上捏造出来的所有虚假的自我，它们曾像强力胶带一样封住我的嘴，让我没办法道出真实。

本书至少有一个目的，为有心想成为回忆录作家的孩子提供一块难得的平滑场地，帮助他发现那个只有他自己可以讲述的“故事”；然后帮说话的人设计一个口音，好恰如其分地以最真实、最美妙的方式讲述这一传说。所谓真实，我指的是杜绝兜售伪造的事件。所谓美妙，我是为读者而谋。

美妙与否的检验标准是什么？重读。你愿意重访的回忆录，常会令人产生亲密之感——可信，真实——乃至于你会被一次又一次地吸引回来。你会想念书中的环境和氛围。书中的人物则像你怀念多年的老友。

一本书也许能给你带来很多智力上的欢愉，但那通常不是关键。能把你牢牢吸引的是你和回忆录叙述者之间发生的情感联系。那么她怎么才能与你建立这种联系呢？一位出色的作家能够凭空造出一道景观和其中的人物，并让其进入你的体内生长。而最好的作家则会让你感觉，他们已经把自己最脆弱的小腹袒露在你的眼前。看到某人的裸体，总会给我们带来一点兴奋而刺激的感觉。

也许我能帮到未来作家的是，让他们在宽衣解带这件事上有一个更好的心态。我专为打算写回忆录的读者准备了一些功课和小提示，像胡椒面一样撒在书中各处。它们小而精炼，所以普通的读者可以直接跳过这些为学生准备的技术层面的信息。在后面讲麦克尔·赫尔的一章中，开头的部分是为普通读者而写的，但第二部分是逐字逐句的分析。如果你不是一个作家，读起来会觉得非常乏味。

但这本书主要还是为普通读者打造的。我自然希望它可以帮某个人以回忆录的形式打磨自己的感情，但与此同时，我也真心盼望可以借此鼓励读者对他们分裂的自我和永远变形的过去展开一些反思。

每个人都有自己的过去，每一段过去都在追问自身意义中酝酿着狂热而激烈的情绪。过去发生的事情内在地羁绊着人的生命，除非人们能够掌握这种羁绊的方向，否则不可能在今天做出自主的选择。因此，本书最想献给的，是拥有苏必利尔湖一样大的内在生命、并对记忆之水充满热情的人。也许这本书会赠给你一套水肺、一个面罩还有更多的氧气，让你能够继续自己的旅行。

目录

1 过去的活力

我们曾向世界投以一瞥，那是在孩提时代。

余下的尽是回忆。

——路易斯·格吕克，《返乡》(*Nostos*)

在生命中意想不到的时刻，每个人都曾受到回忆巨大力量的影响，驻足片刻。前一分钟，你还是一位成熟的女人，可一缕孜然的香味飘过，便勾起了父亲烹制的咖喱味道，然后，一整扇通往过去的大门倏然开启，往事涌至，历历在目，细节清晰到不可思议。有些创伤性的记忆不请自来，压得你抬不起头来。但还有一些记忆是你主动挖掘出来的：你从某个清晰定位的微小瞬间入手，解开前方每一个绳结，直到展开一条丝滑纤细的线索，可以带领你穿过脑海中的迷宫，抵达别处。我们都曾如此质疑过自己——那不可能是在圣诞节，因为我们在相片中都穿着短裤呢。最初，这些记忆是需要我们去琢磨整理的；但真正有用的记忆，最终总会产生足够强大的引力，拖着你在过去中穿行。

记忆是机器中的一个弹珠——它在意象、观念、场景的碎片以及耳闻的故事之间左突右撞，胡乱地弹跳。然后，机器倾斜，停止运转。但大多数时候，我们都把记忆小心翼翼地打包起来，垒在一边。至于包裹忽然被打开的时刻，我有时会将其比喻为从迷你汽车的后备箱里跳出的马戏团小丑——这么小的空间内，怎么有如此之大的容量？

你去参加高中同学聚会，不无感慨地发现，到场的都是一群中年人，不再是几十年前在学校走廊里同行照面的青葱少年了。然后，有个同学提起，在皮科特小姐的七年级英文课上，她就坐在你的身后。于是，不知怎么一回事儿，她那张青春时期的小脸蛋就在你的脑海中浮现出来，绽放盛开。接着，你记起了那年你的储物柜的所在，记起了英文课之后的那节演讲课，记起了演讲课是放学前最后一节课，而放学后你步行回家，路上会穿过篮球场新割过的草坪，偷看你中意的男孩子穿着训练服的样子。

所以，仅仅是一个意象，就能敲开过去那粒坚硬的种子，然后记忆之水很快从四面八方涌来，在你的周围浇灌起树藤和花朵，重建过去的花园，再现其所有的芬芳与荣光。有多少记忆一拥而入，才能够填满那绝对的空白？这几乎超越了想象。

我的学生们在上我的回忆录课程之前，总是抱有一种信念，确信他们的记忆是牢不可摧的。我在第一堂课上，总是会不遗余力地在他们头上浇一盆冷水。通常，我会请一位教授或者学生做我的同谋，假装酿成一起冲突，并派人坐在教室后面，把整个过程拍摄下来。然后，我要求班上的同学还原刚刚发生的事件。

就我所面对的学生的资质而论，这项练习应该像灌篮入筐一样万无一失。大概一年以前，有接近 800 名学生申请竞争诗学专业和小说专业各自的 6 个席位。他们全都聪明绝顶，而秉性各异。当然，我们不是常青藤的成员，但是在诗学专业，我们曾拒收过一名哈佛毕业生，而把机会留给了一个前海军同性恋者。而在小说专业，也曾有一位耶鲁的最优等文科毕业生输给过一个前巴纳姆贝利马戏团的小丑。

在脑海中想象一个研讨课的教室，二十多位研究生围坐在一个马蹄形圆桌四周，大多数穿着黑色的西装，而每人面前都摆着一杯浮着泡沫的温热液体。我对学生们解释说，坐在后面的摄影师是在记录课堂的情况，这也许能为我正在书写的一本回忆录提供帮助。

按照事先备好的剧本，我先为自己上课时不关手机的行为进行道歉，解释称我有一个行政性的问题，需要在这门三小时的课程时间内解决。每隔一段安排好的时间，我的同谋者克里斯就会打来电话，询问我——或是不饶人地指责我——有关交换教室的事宜。学生们听到了我欢快而和蔼的答话，只不过我匆匆挂断，说等到课间时再谈。

离电话里约好的课间还差一个小时，克里斯就怒气冲冲地闯了进来。他是一个身材高大、五十多岁的诗人，剃着光头，上嘴唇撅成了一条直线，声称这是他的研讨室，我们需要把教室清空，现在就要。

我们在扮演与自己性格截然相反的人。熟悉他的人都知道，他是个低调易相处的人，而我呢，怎么说？吵闹？南方人？总之，他抬高了嗓门，而我则建议去教室外讨论。他向前逼近了一步，我向后退了一步。他很高，我很矮。我尽力缓和事态，而他却说，好歹有一次，我该和别人一样配合他的工作。他对我骂脏话——或者这只是我的记忆？——然后他把一叠纸撒向空中，扬长而去。学生们兴奋坏了。从录像带中可以看到，他们把视线从我们身上移开，互相用眼神示意着交流了起来。

死一样的沉寂。“你还好吗？”一个听话的孩子问，眼神像小鹿斑比一样无辜。我把诡计解释给他们听，这组学生爆发出一阵大笑，掩饰着共同的尴尬。一个学生还开玩笑说，要起诉我给他造成了心理创伤，因为他闪回了自己父母吵架的经历。

这些目击者大多是年轻人，聪明，而且相当敏感。你应该会以为，他们能把事件还原这项任务轻松搞定，甚至精确到克里斯瞳孔的颜色。然而环顾整个教室，当每个学生从自己的笔记本和便利贴中读出答案时，错误却如雨后春笋一般冒了出来。

当然，总有一些记忆的天才。在每个班级的20～30个人中，或许会出现一个、至多是两个学生，能像魔术师一样完成摄像机式的回忆。他们精确地把握住事实，一字不差地复述了原话，而且不会混淆任何物理细节，甚至连时间间隔都说得很准。（记错时间信息是一种常见的记忆失效，即使对年轻人也不例外。）他来了几次电话？魔术师百分之百地肯定，是三次，每两次之间间隔10～12分钟。克里斯的裤子是卡其布的，衬衫是牛仔布的，而非相反；他穿的不是平底便鞋，而是黑色耐克打双结的运动鞋，有两个鞋带孔没有穿上。这些观察者简直是神奇之至。

在这些课堂上检查学生的记忆差错时，我会在黑板上纠正细节，修订对话，指出理解上的偏差。最终我们会记录下一个一致通过的版本。在这个过程中，我会不时地植入一些新的事实——我送给我的对手一个他并没有佩戴的皮手链，甚至还让他焦虑不安地摆弄着它。

事件过去一个月之后，我让这些孩子把它重新写在一张纸上，绝大多数人都会为我呈上这一套官方说辞。群体认定正确的信息，几乎总是能磨灭每个人最初的记忆（除了那些极少见的记忆天才，他们不知怎么回事，总能坚守自己的印象）。这正是群体思维的力量，是家庭动力学和大多数宣传运动的基础。

但是，比歪曲记忆的群体思维更糟的，是学生们最初的根本偏见。诗人和训练有素的音乐家似乎在逐字逐句把握对话方面有一种谜一样的敏锐。但是他们依然会把语气弄混，或者把说话人和对话张冠李戴。我是说出“我们可以想办法把事情解决”这句话的人。但有人把这句话算在了克里斯头上，而我才是在他说这话时挥肘摆脱的人。还有人听到我很愤怒地叹息说：“我们没办法解决这件事了。”

谁知道为什么班里一半的学生都记得是我向克里斯咄咄逼近？我明明要么是站在原地不动，要么就是后退一步，但即使是我的无所作为，如果被他们发觉到，也会以一种近乎军事行动的说法被追溯出来：诸如“她守住她的领地”或“她像一头坚忍的斗牛犬一样寸步不让”一类的句子出现了，而且我还被比喻为花岗岩和钢铁。有一年，记忆明星是一位萨克斯手和嘻哈 DJ，他对我们的表演信以为真，差点儿离开座位去阻止那个粗人袭击我。然而，即使在掌握了所有事实的前提下，这个孩子最终还是免不了揣测“玛丽到底做了什么，才招致他这样的攻击”。

进行观察的学生们内心的偏见塑造了他们看待事物的方式。有一年，当我宣称电话来自一个医生的办公室时，一个身患重病的女孩表示很担心我，而其他人则只是责怪我在课上接电话这种不合规矩的行为。一个男生曾推断出我和克里斯有一腿，还根据我们的肢体语言捏造了一个有关背叛的隐含叙事。一个遭到别人跟踪骚扰的女孩觉得克里斯也是一个跟踪狂。还有人认为我们俩当时都嗑药了。

我这项不科学的研究持续了数十年，表明即使是最好用的头脑，也会歪曲并模糊他们的所见所闻。

记忆有巨大的力量，可以将我们拖回一个令人难以招架的过去，但它同时也会严重失灵——既可能是短期的（在停车场找不到的车子，话到嘴边却想不起来的名字），也可能是长期的（我们在高中亲热过吗?）。这就是为什么我总是把手稿交给我写到的人过目。因为我不信任自己左右摇摆的头脑。

回忆录作家卡罗琳·西记得她的丈夫抛弃了她，而她是在隐喻意义上拖住了丈夫大腿的一方。但她的孩子和前任都纠正了她，说是她叫他卷铺盖走人的。我在《纽约时报》（*New York Times*）的朋友大卫·卡尔在《枪之夜》（*The Night of the Gun*）中，花了很多年的时间，不遗余力地追查有关他那个精神最不正常的毒友的真相。他使用了调查技巧和录像设备去采访明尼阿波利斯的老伙计们。最精彩的内容涉及在一个巷子里与一个持枪疯子的对峙。此处的超级大反转是什么呢？原来卡尔才是那个挥舞着手枪的疯子。当他几年后跟我再次讲起这个发现时，记忆与现实的出入仍让他倍感挫败。

帮大卫的记忆说句公道话吧，当时他正饱受毒品的困扰。可话又说回来，人的头脑怎么能把事情记得那么真切，却又那么离谱呢？神经学家乔纳森·明克博士为我解释说，在面对像大卫这样强烈的记忆时，我们记录下来的常常仅仅是情绪，而所有的细节都会模糊成不可识别的墨迹。

但我们更关心的正是丢失的记忆。而最主要的记忆流逝都发生在情景记忆（事件、经验、感觉、时间、地点）和自传记忆（关于你个人的情境记忆）转移到语义记忆（思想、概念、事实、意义、知识）的过程当中。对我来说，把一个场景转化为语言，意味着要把它挤扁一点儿。我最终得到的不是鲜活的感觉，常常是一个包含了一种观点或想法的故事，而那些观点和想法我到现在也许已经没有了。对这些语言形式的记忆，我不得不保守一点儿加以对待，不能充分信任。

在玛丽·麦卡锡的《一个天主教女孩的童年回忆》中，她写道，自己的儿子坚持认为墨索里尼是在1943年麻省的海恩尼斯被从他们乘坐的公交车上丢出去的，因为当时司机把车停在了路边，然后高声大喊一则最新的新闻："他们把墨索里尼丢出去了！"

如果你不是一位回忆录作家，这也许能博你一笑。它让我心神不宁地咬起了已经被咬破的指甲。我会在夜里惊醒，因为担心歪曲地呈现了某个人，或者因为差劲的回忆烧掉了他的房子。我一直告诉我的学生，我工作的每一天都充满了疑虑，就像地铁装上了第三条轨道。所以当人们用挑衅的口吻问我，我怎么可能记得我发表过的每一件事情时，我通常坦白地承认，显然不能。可是我一直能哄骗自己说，我能。我这么说的意思是，我会尽自己所能做到最好，但仍然无法突破我所谓的"头脑的失败"所设的局限。

我来自一个爱讲故事的家庭，当身边有一群人把事情一遍又一遍反复重讲时，确实更容易把叙述引入记忆之中。但记忆下来的语言，同时也会将你头脑中所存之物僵化。当讲述变成了生硬的背诵，事件就变质了。像从面粉袋子挤出的老面团一样，故事里人工雕塑的感觉太重了。痛苦的事件被当作趣闻传述，会让事件最开始带来的真正痛楚和恐惧流失殆尽。

经过商议达成的记忆，会变成一篇经过编辑委员会审改过的作品的样子——任何稍有疑问的内容都会被删除，任何稍显独特的观点都会被废弃。在家庭中生活的人都知道群体思维的暴政能达到多么严重的程度。

我的第一本回忆录出来不久，我的母亲和姐姐就开始打电话过来，用我的语言复述我写到的那些场景。兄弟姐妹中年龄较小的一个，其观点更容易遭到严重的否决，所以我或许可以将其认定为一种胜利——他们可算明白了！但恰恰相反，我感到了一种失落。我在不经意间成为我们集体记忆的官方代言人，那谁又知道我会搞错什么呢？有一部分的我怀念过去的日子，那时我要是没听到某件事“只发生过几次”或者“也没那么坏”这些话，是不敢开口讲话的。从某种扭曲的意义上讲，做说错话的那个人要好多了：它让我在家庭的幻觉系统中，一直受到更加安全的裹护。

2 作家与读者间的真实契约

整个旅程都通往真实，或通向
真挚、力量与自由。怎么可能
愿意呼唤谎言挡在途中

——爱德华·圣·奥宾

每当我想到自己年复一年地发表僵化古板的声明，要求回忆录必须真实，我就有点儿想悬梁自尽。我听起来简直像一个虔诚的傻瓜，如同乡村牧师一样舞动着他的手指，对那些挑战这种文学形式界限的作家指手画脚。原谅我，我并不是艺术警察。喜剧演员史蒂芬·科拜尔口中所谓的我们这个时代的“以为真实”（truthiness），给我们带来的好处是，我们可以随心所欲地设定任何标准，来扩大自己的裙摆。小说家帕姆·休斯顿声称，她的小说有 82% 是真实的，同时对她的非虚构作品也赋予同样的比例——还算合理吧。我猜，在今天的文学图景里，你大可选择你自己的比例。

你可以一直躲在虚构的标签之下，就像杜鲁门·卡波特（或许是最早的）在其 1966 年的“非虚构小说”《冷血》（*Cold Blood*）中所做的那样；或者像菲利普·罗斯在 1933 年出版纪实小说《夏洛克在行动》（*Operation Shylock*）时那样，虽然作为虚构作品出版，但声称它是上帝独有的真实。（同上，在大卫·福斯特·华莱士的《无尽的玩笑》（*Infinite Jest*）中，我最喜欢的部分是更接近回忆录而非虚构的内容。）又或者，你可以做出一个普适的免责声明，如约翰·伯兰特在 1994 年时承认，在《午夜善恶花园》（*Midnight in the Garden of Good and Evil*）中，他行使了“一定的讲故事的自由权利，尤其是在涉及事件的发生时间方面”。我将此理解为，他在推动故事发展的进程中穿越了时间。事实上，这本书中的谋杀案——它的核心剧情——早在伯兰特到达那里几年之前就已发生。太多的场景——包括他自己和受害者的偶遇，以及调查早期出现的一个备受欢迎的换装人物角色——都纯属虚构。这些他至少都承认了，虽然只是在尾页颇不老实地略作交代。

有关其他作家的艺术自由，这已经是我尽可能和缓温和的说法了。我本来很乐意为此展开一场激战。没有一位作家可以把自己的标准强加给别人，或者声称为整个文类代言。我愿意为任何人在自己的回忆录中改动真实说辞的权利辩护，但我不得不讲明，读者有知情的权利。而我本人微不足道的写作实践，更是与捏造事实截然对立。

作为读者，我在表达意见时远没有如此温和。无法精确地知道到底哪些部分是伪造者臆造的东西，让我不胜其扰。在《信者》（*The Believer*）杂志最近一次访谈中，薇薇安·格尼克坦承自己在讲述事实时会动动手脚，即使在写非虚构类作品时也会如此：

> 我总是会修饰故事。即使当我本应讲出毫无打磨的真相时也会如此。事情该发生则发生，而我意识到，真正发生的事情只是故事的一部分，我却不得不把故事制造出来。所以我说谎。我的意思是，从本质上说——其他人会觉得我在说谎。但你要理解。讲故事的冲动是难以抑制的。而我并不欠任何人一个真相。什么是真相？我是说，它关谁的事？

嗯，如果我为一本非虚构作品的封面买了单，那这就关我的事了。她能承认自己的欺骗，这很好，但尽管如此，这种事后的坦白也并不能换来任何信誉，何况她的坦白既含糊其辞又充满狡辩的气息。这就很像吃过午饭之后，熟食师傅调皮地告诉你："我在你的三明治里只放了一茶勺的猫屎，但你根本没注意到。"在我心里，一小点儿猫屎和一个猫屎三明治没有任何区别，除非我提前知道猫屎在哪里，可以绕过不吃。

于是，我现在站在这里，手里拿着我的小木棍，准备在地上划下一条分界线，标出回忆录的真实性。真实也许会变成一个朦胧、模糊的阴暗地带，但不真实却很明确：即怀着欺骗的目的捏造时间。即使是在今天，脸书上充斥着PS过的图片，人们也不难以识别和评估它们。你清楚一个模糊记忆和一个清晰记忆之间的差别，模糊的那些要么剔除，要么标注。反正要紧的是那些清晰的记忆，因为它们才是你在一生中培养、关心、谈论和犹疑之物。你在追寻的是记忆的真相——你的记忆和性格——而并非不偏不倚的史实。

不要忘记擅自发明将如何打破作者与读者的契约。它会将回忆录作家与深处的真实隔绝，而这些真实只会在草稿的第五版、第十版或第二十版浮出水面。没错，你有时可能会错意——这时有发生。“真实伏击你。”吉奥弗里·沃尔夫说。（在后续章节中，会讨论更多那些让人毛发竖起来的反转。）但除非你盯着真正的鲜活经验，否则深层次的意义将永远隐而不显，而你也将永远无法揭开更加复杂的真实。那些真实，将会与最初得到的对过去的便利解释大相径庭。一个回忆录作者如果伪造虚假的故事来支持故事本身——或者让他在读者面前底气更足——那么他永远也不会知道他究竟是谁。他错失了只有从严密审视的生活中才能获得的个人的解放。

你或许会问：什么叫解放？编造一个你可以安心接受的事件版本，然后守住它不放，不也很好吗？如果你的目标只是打造一个假人，卖给在你看来愚蠢的大众，未经审视的生活也能完美胜任。不用谢。

但不管你是不是一个回忆录作者，把你自己从过去中割裂开来，都要付出一种心灵上的代价：它会一直拖拽着你，你却意识不到。而有关它的谎言则会——除了那些最严重的反社会分子之外，对所有人都一样——在你的伪装和你真实的自我之间刻出一道孤独的裂痕。对说谎习以为常的人还会将他自己工于心计、表里不一的面貌投射到他遇到的每个人身上，这让他行走于世间时充满警惕和不安。要是不强迫自己把蒙在你眼睛上的羊毛掀开，就很难看清楚眼前发生的一切。

观看一个人详细而深入地审视一段痛苦的历史，是我做老师和编辑工作时常做的事情，而我在帮宿醉的人厘清旧日之罪时，也有过此类经历。这其实是在目睹一场并非微不足道的疼痛。你得刺破一个水泡，忍受它的恶臭，等到感染减退。然而，每一个我所亲眼见过的自我审视之人，在经过一段时间之后——不管是在书里还是书外——总是欣然接受结局和解脱。对于我们中间被过去笼罩的人而言，只有回头正视，才能让其最终成为过去。

* * *

但是，讲真话对读者又有什么帮助呢？假设你有一个糟糕的童年——每天都要忍受折磨、嘲讽和饥饿——被用皮带或水管抽打，等等。你可以写一本千篇一律、比橡皮刀还无聊的回忆录诉苦。但那是“真实”的吗？是在你今天把它收在箱子里意义上的真实，还是在当时鲜活经历意义上的真实呢？回到当时，那些虐待你的人可能也给了你食物，不然你早就死了——而且也许你对他们的面包屑心存感激或者愤怒。无疑，你那时要么就是获得了虚假的希望，要么就是自己要了些小计谋，讨得了他们的欢心，反正以此改善了自己的境况。又或者你进行了反击，或者反叛。可能你大多时候都离群索居。也可能你心里某些阴暗的念头曾暗羡过他们的力量，幻想自己也能同样强壮。正是你童年生活中的这些不同方面，发生在每两次打屁股之间的事情，才能为读者把过去的痛苦缓释为绝对的解脱。没有那些希望之处，虐打只会显得重复而乏味——它们也许能在一段时间内带来戏剧化的阅读效果，但单调的故事很少耐得住重读。

那些最为吹毛求疵的作家真的会根据日后的信息推翻自己原来的版本。当乔恩·克拉考尔于珠穆朗玛峰上在缺氧加脑损伤的情况下跌跌撞撞、四处乱走时，他认错了在一场遮天蔽目的暴雪中偶遇的一个人——在《进入空气稀薄地带》（*Into Thin Air*）1997年的修订本中，他更正了这一错认。我还听说，克拉考尔会修订几十年前的旧书，而这快把他的出版商给逼疯了。最近，他就更正了《涉足荒野》（*Into the Wild*，1996）中有关毒害了主人公的种子的说法。为此，他花了十年的时间学习有机化学。克拉考尔花在反复检查和修订上的时间，几乎比我认识的任何一个作家都多，这充分说明了他有多么想把事情做对。

我的朋友弗兰克·麦考特的母亲，否认了诸如她和自己的表弟有染这种事，但谁会不去否认呢？当然，这次愤怒的抗议并没有成就或击垮《安吉拉的骨灰》（*Angela's Ashes*）。从作为一个母亲的失责行为的角度来看，听任自己喂养不足的女儿死在床上，是严重得多的事，但麦考特的母亲并未对此进行否认。弗兰克爱着他的母亲，如果乱伦并非事实，他有什么动机非要把它编造出来呢？噢——还有凯瑟琳·哈里森的父亲。他当时是一位原教旨主义的天主教牧师，否认曾与自己的女儿发生关系：这也毫不意外。你不得不怀疑这些明显牵涉个人利益的问难者。除了他们之外，我也没有从任何其他回忆录作家同伴那里听说过来自家庭的有理有据的可信指摘。

为了避免让你觉得我是个疯狂的追求真相的独行枪手，我得举出一个事实：我过去几十年中密切关注的一些自传作家——几乎如出一辙——在出版前把他们的手稿四处送读。没有人因为家庭的抱怨受到过重大的挑战。我送交样本的对象包括吉奥弗里和托拜厄斯·沃尔夫、露西·格里利以及我以前在锡拉丘兹的学生科伦·宰尔卡斯和谢丽尔·斯特雷德。还有，你自己的传记也一定如此。曾有一个无足轻重的人物要求我在上一本书中砍掉一段与主线无关的轶事。除了这一点小小的波澜，没有任何一个我认识的人基于家庭的不满推翻我的作品。但我对采访者和读者提起这一点时，他们却大吃一惊。没人相信回忆录作家竟然能免于诋毁者和反对者的持续攻击，还没有官司缠身。

这怎么可能呢？其实，正如弗兰克·康罗伊在谈到他母亲对《停止时光》的反应时所说："她觉得那是我认识事件的版本。"最好的回忆录作家强调报道的主观属性。怀疑和困惑也将成为故事的一部分。

我们还不得不区分在餐桌上争执不下的回忆和出版前经过无数次梳理和修订的回忆录。每个人的个人历史中都充斥着冗长而混人耳目的家庭争论，而争论中的每个发言者都把自己对历史的个人看法视为不容辩驳的事实。这种争论是私人化的、非正式的。我们参与争论时，都倾向于如磐石一般坚信自己。我们沉溺于这种永远难以解脱的泥坑之中。常见的记忆争端包括：（1）不可知的解读——某人的内在意图或动机；（2）时序——某事发生的日期、时长或频率；（3）有关地点的争议——某事进行的场所。毫无疑问，我们都搞错过事实，要么是无心之失，要么是为了证明我们自己对家庭历史的理解，而展开了激烈的争执。很多亲人为了证明一个错误的观点，都曾笃信过假说，拨弄过证据，甚至不惜削足适履。

但问问你自己，在你的家族中，有多少人会凭空捏造出每个人都知道是扯淡的胡话，然后还拿去出版？公开出版谎言是一种在层次上完全不同的反社会行径。为保证真实性起见，一位回忆录作家可以略过记忆残缺不全的场景，也可以明言自己心中的不确定感觉——"这部分有点模糊"。这些都不会打击读者的信任。每个像样的作文老师都会教你如何在也许或可能的范畴内施展拳脚。伟大的回忆录作家不惧启用回忆中暧昧不清的形态。这也是我们信任他的原因所在。

当我们对旧日的权威失掉信仰时，我们对客观真实的信息也在同样遭受着侵蚀。科学、圣典、宗教教义，这些曾经被认为是颠扑不破的真理之泉已成为过去。历史则是以胜利者的眼光进行的讲述——牛仔是好人，印第安人原住民是坏人。我们学会了质疑五角大楼的报告和总统坚定的否认发言。历史和传记常以“立意文章”开篇，解释作者的内在偏见。而就在如历史、统计等曾经神圣的真理来源根基动摇之时，主观的传说讲述，抢占了一片新的立足之地。这也是回忆录蒸蒸日上的部分原因——不是因为它能避免错漏百出，而是因为它们中最好的杰作公然坦白了自己错漏百出的本性。

回忆录大师创造的是一个个人化的内在空间，由记忆拼接而成，而读者绝不会忽视其不确定的本性。马克辛·洪·金斯顿和麦克尔·赫尔不会营造出一种权威的第三人称摄像机视角。他们的书不会把自己化装成事实的样子。他们向你展示出，自己的偏见如何塑造出记忆的滤网，通过转录自己的思想而展露出参差的边缘。作家不断地提醒读者，他不是在观看电子文档中投射出的干净的外部事件，而是言者个人的真实经历。以此种方式，这一文学形式不懈地忤逆着客观真理的严格。

那么回忆录作家的家人们是如何反应的呢？托比·沃尔夫[①]称他在一些小地方得到了纠正，尤其是与实践有关的信息上，但基本上还是固守着自己的记忆，不受家人的影响。比如，他母亲认为很可爱的一只狗，在他的笔下却被坚持形容为丑陋不堪。吉奥弗里·沃尔夫感觉自己被一种历史的观念所束缚了。“读者是复杂的，”他写道，“他们清楚这里许下了一个承诺。”但他同时也怀疑那些一般水平的历史学家眼中不可撼动的证据符号——如信件、税表、日记等文件。

> 文件也是靠不住的东西。我要应付的可是我的父亲——一个说谎成性的人。你不可能根据他的税表报告他的年收入。现在，我正在看着他的一份简历，上面列出的一个推荐人是 CIA 的局

① 托拜厄斯·沃尔夫的昵称。

长，而他的学位则标为耶鲁和索邦[①]。

举一个相对无害的例子。我们有多少人在自己的驾照上印着真实的体重呢？可历史学家依旧会从这些记录、书信或日记中抽取信息，作为权威的事实。

歪曲事实未必总是自传作者工具套装的一部分。在20世纪中叶，当玛丽·麦卡锡出版《一个天主教女孩的童年记忆》时，连回忆录作家根据记忆重组对话都是不被接受的。她的非虚构标准与历史、传记和新闻无二——这些文学形式在当时还被认为是相当难以反驳的事实记述。那时的我们，是更容易受骗、更善于掩藏自己还是持有更严格的标准？我说不好——也许三者皆备。

于是，虽然麦卡锡声称她的书“自我体认为充满了历史性——亦即，大多经得住检验”，但她同时也用长长的六行画线斜体字为自己在当时看来颇为惹眼的任性行为道歉，其中还包括了一些无心之失：“但也许我们当时并不‘知道’那是流感。”甚至还在“知道”的两边加了引号，作为一种保护，以应对当时几乎不可违反的精确性标准。而这些标准，对于今天的回忆录作家而言，也许不再是约束了。下面是麦卡锡的一些主要致歉内容：

> 1. 在重构对话方面：**在完成这些回忆录的过程中，很多时候我都但愿自己是在写虚构作品。发明自创的诱惑总是那么强烈，而当我记得一件事的本质却记不清细节时，尤为如是。有时，我做出了让步，比如在面临对话的时候……它们大多是虚构的……只有一些单句，至今仍记忆犹新。引号仅仅表明发生了同等效果的对话，但我不能担保每一个词都是精确无误的。**（强调为麦卡锡本人所加。）

---

① 索邦，即索邦大学，现巴黎第四大学，为法国著名高等学府。

2. 在专有名词方面："我没有给出我的老师和同学的真实姓名……但是这些人都是真实的。他们不是合成后的肖像。而涉及与我关系很近的人时，我都使用了他们的真实身份，比如，邻居、仆人和朋友。"

3. 有关她记忆的质量方面："在这本回忆录中，有一些存疑之处……我们染上流感的具体时间是有争议的。根据报纸的记载，我们是在旅途中染病，但与此相矛盾的说法是，哈利叔叔和祖拉婶婶本就是带着病上路的。我现在的记忆是，在我们出发前，就有人生病了，但也许我们不'知道'那是（致命的）流感。"

4. 或是有关后期错误植入的记忆的属性："我们没有看到（我们的父亲拔出手枪）……我是从我外祖母那里听说的。当她讲给我听的时候，我感觉自己也几乎有此记忆。也就是说，我的头脑中立刻浮现出了那个画面。"

自《一个天主教女孩的童年记忆》以来，回忆录作家的真实在逐渐衰落（或进化）。在麦卡锡后来的一本书《回忆录》（1992 年）中，真实在我们文化中的转型已趋近完成。她说起"事实癖"时，几乎语带轻蔑与鄙视，而在写作《一个天主教女孩的童年记忆》时，她还是这种观念的忠实拥趸。

不论你和读者之间的约定如何，我都建议你提前公示于众，就像哈瑞·克鲁斯在 1978 年的《童年：一个地方的传记》中一样，虽然对"真实"的理解比沃尔夫和我都更加灵活，但他主动承认了这一点。从第一句开始，他就欣然拥抱起流言飞语、道听途说和各种形式的伪造。

我的第一份记忆发生在我出生的十年之前，我从没去过那个地方，而且记忆中还出现了我从未谋面的父亲。

要是你对此类的流言心存轻视，不妨想想四福音书。它们大概全部是在口耳相传中得以留存的故事。如果不借助其他人的故事，克鲁斯没有办法将自己与他早逝的父亲勾连起来，而我们之所以接受他的做法，一部分是缘于对他渴望与老爸相识的同情，还有一部分则是因为这读起来实在是太有趣了。

> 我作为记忆记录下来的这些都真实发生过吗？那两个男人说的话是否如我记录的一样，他们心中所想是否和我说的一样？我不知道，也不在乎。我对于我父亲的认识完全来自于听别人讲述的有关他的故事。

克鲁斯声明，不管在细节上他犯了多少错误，他所讲述的故事“在精神上”仍然保持着真实。无论这句话到底意味什么，反正它确实为写作非虚构作品的人开辟了一个相当大的逃生出口。

另外，克鲁斯还早早地为我们演示了他的夸张技巧——并不仅仅是通过幽默手法的运用，还利用了他童年充满想象力的视角。比如在很早的章节中，他和他名为萨姆的狗曾发生过一番长谈。

> “你要真是个人的话，就不会像这样咬蚊子、吃苍蝇。”我说。
>
> “吃蚊子和苍蝇又不是什么大不了的事。”他说。
>
> “但人们就是因为这样才把你当作狗来对待，”我说，“你要不是像这样吃蚊子和苍蝇，说不定就能像其他人一样待在房子里了。”

克鲁斯让我们了解到，外部真实，或表述历史，于他而言，是一条像蛇一般蜿蜒扭曲的小径。

在这本书的后面，他写到了一次不可能如其描述一样发生的受伤经历。他当时在烫猪皮的时候，玩抽鞭子的游戏。烫猪皮，就是把整头猪扔进滚烫的开水里，这样它们的鬃毛就会褪掉。克鲁斯称，他自己落入了滚烫的水中，“身边是一头浮着的烫褪了皮的猪”。

> 我伸出左手去摸我的右手，然后皮像一只手套一样整个地脱落下来。我的意思是，我的手腕和手背上的皮肤，连着指甲，全部松弛下来，并滑落到地面上。在我脚下地面的一小滩肉里，我能看见自己的指甲。

我对这本受到低估的回忆录过于执迷，以至于立刻心急火燎地给一位终身好友打了电话，去求证一个孩子到底能不能经受这样一种创伤，而不留下骇人的疤痕，或者避免截肢的噩运。当然，这是不可能的。

但这种敷衍到非现实程度的夸张法，却与克鲁斯所在的佐治亚州的说大话风气极为相投，这种氛围可以追溯到最为怪诞和暴力的南部哥特短篇小说以及篝火旁荒诞不经的故事，比如马克·吐温那则讲驰名的跳蛙的故事，故事中的赌徒吉姆·斯迈雷为了赢得一次打赌，竟然真的“跟着一只金龟子，走到了墨西哥”。夸张法常常反映着一个文化中野蛮与欲望的过量，而在某一时刻，正如克鲁斯的双关语所言：“任何值得一做的事都值得重做。”（这是很多酗酒者心中的呐喊，包括我在内。）

每个人对真实的处理方式都来源于他的本性，而我最了解的当然是自己的本性。因此，我觉得自己有义务对我本人的实践加以详述。但需要澄清的一点是，我在此没有比任何其他回忆录作家更高的权威。

虽然和克鲁斯一样，我也会从自己“大话风”的过去中引用一些荒唐的故事或传闻，但我真的没有一丁点儿杜撰的天赋。尽管我很喜爱短篇小说这种文学形式，但我每次想要自己提笔写一篇时，小说中的每个人物要么在第二页就死掉了，要么就变回了他们在记忆中的原型。如果我身陷机场，手上的阅读设备又没有充电，那么我一定会去买一本垃圾的非虚构文学作品，而不是一本垃圾小说。

早年的时候，我常被两句话欺骗，这让我十分地恼火。一句是："我没喝醉。"（这几乎总是谎言。）另一句是："噢，不要担心，一切都好。"这句话时真时假，把我的脑子搞得一团糟。上高中的时候，我姐姐伪造出用来逃学的请假条和为了跟男孩子分手而编造出来的借口，都孕育着未成型的小说种子，而其中有一句话至今仍为她的假日增色不少，简直堪称我们的家族箴言："一个精心编织并坚守的谎言常常比真相更好。"

以上全部这一切，真的把我逼疯了。我变得不再信任自己的知觉，而是禀信弗洛伊德的理论，认为真实会令我解脱。于是我开启了一场贯穿一生的追寻，探问自己的童年到底发生了什么。我在二十五岁左右开始刺探我母亲的过去，虽然她起初以自杀相威胁，但最终还是让步了。真相的揭晓让我那面临着四分五裂危机的家庭迎来了彻底的康复，而她在去世的时候，头脑清明，饱沐眷爱。

于我而言，无中生有、凭空杜撰，会让我难以体味到自己天生应该讲述的那些东西的味道，我在投入回忆录怀抱的五年之前，最初试图以小说的形式讲述自己的故事时便产生了这种感觉。即便只是努力使用假名，都会把我的脑子搞得一团糟。我内心的纠错师会不断提醒，但那不是约翰啊，应该是鲍勃才对。所以，在草稿阶段，我不得不使用真名来写作，直到最后，再使用一次全局的搜索替换功能进行更换。

我会把自己的手稿预先发给亲人和朋友过目的一个原因是：我常常难以尽信自己，因为我在成长过程中始终对自己的知觉心存疑虑。另外，我的亲戚们把他们的故事修改过太多遍，我真希望他们对我笔下文章给予认可，从而结束我一直以来的猜测。

很久以前，当我更年轻、更穷困，看上去更容易听任摆布的时候，一个发行经理曾试图怂恿我，让我为自己第一本书中与母亲告别的那个时刻创造一个场景。“读者一定想知道那个时候发生了什么……”但我对这一场景毫无印象。最终，换成了一番我对它的猜想。

> 母亲一定对于我们的离开发表了大声的怨言。她应该会大叫，或者抽泣，或者醉醺醺而且生气地瘫在地上。我记不得那时的场景了……隔住那个场景的记忆之门再也没有打开过……母亲被从我的记忆中剪掉了。她确实模模糊糊地允诺过，很快会来找我们。但我想不起她的原话。

在此需要补充一句：我现在觉得，一旦我们离开，带给她的可能是一种解脱的感觉——这正是时间善于扭转观点的本性。在我更年轻，而且母亲还活着的时候，我们都觉得，假装她为我们努力争取过，会更好过一点。但我从来都没有真的看到过她为了和我们在一起而进行过努力——她总是更青睐于独处的自由。要是我重写那本书，我的猜想会变成，她其实并不太在意我们的离去。

虽然在我写作《骗子俱乐部》（*The Liar's Club*）时，它在我眼中是真实的，但在现在这个时刻，它看起来却像是源于我对家庭之爱的错觉。在早年的那些时光里，我还沉浸在一个孩子的迫切渴望之中，想给自己的整个家族缀上点点星光。要是让我今天重写那个故事，我大概不会对他们那么大度和仁慈了。也许我反而会把同情的光更多地投给年轻时的自己。究竟是年纪的增长让我对少女时期的自己产生了更健全的关爱，还是生活的残酷把我的心打磨得又冷又硬，让我更以自我为中心，我不敢妄言。我现在是更加健康地摆脱了对家的依赖，还是变成了一个冷酷的人？随你怎么说，都有道理可讲。如果将那本书视为一本文字记录加以修订，我完全可以改动个别记错的日期或事实细节，但是要想更改任何有关过去的主要说法，我都不得不把整本书全部推翻重写。写那本书的我为书中的事件设置了一张滤网。我并没有编造事实。但是在今天，我额外纳入的一些场景，也许会让故事不再显得那样宽容。

这将我带到了那口一个作家最大的“谎言”在其中冒泡翻滚的水井——诠释。在面对任何一个任务时，我仍然倾向于站在宽容一侧，不惜犯错。比如我提到过，在与母亲之间数不清的让我觉得错在自己的吵架之中，有一次她曾经把我的生日千层面砸在了爸爸的身上，但我同时还提到，在爸爸离开后，她收拾了残局，并在一块德国巧克力蛋糕上点燃了蜡烛——这个场景如果忽略不提，会丑化她的形象，让她看起来比实际的情况更糟。安妮·法迪曼写过一个 19 世纪的水手，他在圣诞节那天回到忍饥挨饿的家里，带回了一堆橘子。他把自己锁在房间里，一个人把所有橘子都吃掉了，而他的孩子们则一直在挠门。他是个混蛋，对吧？可你不知道的是，他此时患上了坏血病①。

用个比喻性的说法，我总是想在自己的人物身上找出坏血病的蛛丝马迹，并给他们留下减缓病痛的空间。在我的上一本回忆录中，我在写到我的前夫一句恶毒的嘲讽言语时，没办法不同时指出，他之前从未这样同我讲话过。也许那正是为什么它会镌刻在我心里的原因：那不符合他的性格。一个作者如果把视角置于更接近过去的位置，也许就只会专注于那句侮辱带来的感情伤害，而无暇推敲事实，因为它从一开始就会立即给读者带来不快的感觉。大多时候，我都努力把注意力集中在自己和自己的过失之上。

特此声明，以下是我采用过的擅改方案。而这些在当下看起来，已经相当常见：

---

① 吃橘子有助于治疗坏血病。

1. 重组对话。我常说："当时的交谈是类似这样的。"但大多数读者都会当真。同时，在晚出的几本书中，我不再使用引号，是为了让读者能更容易"走进"我的经验——我想，这种主观性可以避开历史学的标准。

2. 变更名字，以保护无辜的当事人。我的大多数朋友，对于挑选他们各自的假名一事，都非常上心。

3. 改换环境细节。很多次要人物，如警长或校长，我都懒得去追查他们的名字。他们也许已经死了，但如果他们还活着，我可不愿承担记错他们姓名的责任。

4. 为了保护当事人隐私，而将其外貌特征的细节模糊处理。我在次要人物身上做过多次这种处理——比如，一个市长。但对于《骗子俱乐部》里那个邻家强奸犯，我可不想让我老家的人错怪当地别的无业游民。我给这个罪犯戴上了牙箍，我们街坊邻里都没有人戴过，另外我还改动了其他一些地方。置于《点燃》(*Lit*)，我本来想让我的前夫帮我审读手稿，可当我提前和他商量的时候，他称自己更愿意我处理得模糊一点。

5. 如果有合适且有效的信息，在当时尚未得知，我会穿越叙述时间，提前公布，这样会打断叙事的视角。(如果你的邻居竟然是诸如泰德·邦迪这样的人，你也许就该打个括号说明一下，因为你知道这是读者愿意了解的信息。)现在，每当我这么做的时候，还是很明显能看出我是站在另一个时间点上说话。

6. 压缩时间："十七年后，爸爸患了中风……"或者用一个镜头代表整个七年级。某段特定时期完全可以用重要的行动点来展示。沉闷的部分，我会跳过。

7. 剪辑叙事。当然，你在选择写一件事而不写另一件事的同时，就已经漏掉了一些内容，你可以称此为一种篡改。对于你很重大的事情，在他人的雷达仪表上也许就是一闪而过的光点。

8. 在一个热烈紧张的场面中间忽然停下来描述某事，而在当时，我可能根本没有留心观察过。这大概是我说过的最大的谎话了。我这么做，是因为我总是想再造那个我所生活过的有血有肉的世界，所以才不断地为读者打造经历。我采用了这种擅改方式，但因为我是个天主教徒，还是对此深感负疚。

9. 在某位朋友的请求下，临时修改某处。我的朋友梅瑞狄斯曾经住过精神病院，但她仍然不愿让我公开她在学校割腕的场景，因为这会折磨到她上了年纪的母亲。她同意让我们共同的一个朋友代替她扮演自己，所以在第一版中，自杀的朋友是史黛西，而在稍后的版本中，则变回了梅瑞狄斯。

10. 重拾旧日幻想。我的内在生命远远大于我的外在生命。而来自过去的一些幻想绚丽如在目前。当然，我说了，它们是幻想，不是事实。在《骗子俱乐部》中，我还编过两段离奇的鬼话，反正那本来就是一文不值的废话。

11. 加入我没有亲眼目睹但有所耳闻的场景——但我都会加以承认。《点燃》中有这样一段："母亲和哈罗德最后一次共醉的故事实在是太过栩栩如生，诡异的细节如画般醒目，于是我擅自将其作为我亲临其境之事重述，因为一个好的故事如果讲得足够多，会把你请入从未有人进入的房间。"

12. 诠释对方：只要可以，就尽量宽容和公正；如果实在做不到，那就坦白你们的立场不同。我一般的想法是，把注意力聚焦在自己和自己的挣扎之上，而不去臆测别人的动机，也不凭空捏造事件和人物。

3 为什么不写回忆录：一项保卫洒血者并隔开老顽固的小测试

如果你对疼痛保持沉默，它们会杀了你，还说你乐在其中。

——佐拉·尼尔·赫斯顿

问我如何写一本回忆录，有点像问一个人："我真的很想做爱，可是应该从哪里入手呢?"一个人的幻想会毁掉另一个人的浪漫。这取决于你由内到外的身体构造、荷尔蒙水平，还有心理状态。或者这也像是在说，"我想化个妆，应该化成什么样呢?"一个哥特风的女孩子不会喜欢石灰绿色的费尔岛毛衣，而预科学校的优等生则会对黑色的唇彩嗤之以鼻。

我说过，这很难。难处在于：每一个我认识的人，只要在记忆的水域中涉足够深，就多多少少逃不掉溺水的命运。在写作《停止时光》的间隙，弗兰克·康罗伊曾有几周的时间连续大醉不醒。卡罗琳·西在完成《梦想》(*Dreaming*)的第一份草稿两个小时之后，便患上了病毒性脑膜炎，于是身体垮掉了。脑膜炎还让她产生了双重视觉："这是我的大脑在用自己的方式警告我：'你一直在看你不该看的地方。'"马丁·艾米斯告诉我们说，他在写《经历》(*Experience*)的时候，体验到一种令人窒息的衰弱感。写作小说无论再费力，总能在一天的工作结束后，给自己留下一丝喘息的时机；而他写有关自己父亲的回忆录时，却感觉自己被彻底榨干了。杰瑞·斯塔尔在《永久的午夜》(*Permanent Midnight*)中，写到有关他的海洛因毒瘾的内容时，毒瘾再度发作。

我曾经一到下午，就像一个刚开过长途的卡车司机，瘫倒在书房的地板上。我不得不爬着从睡梦中挣扎起来。有一次，我问我的心理医生，这是不是因为我当时在压抑某些记忆，而他的回答是："没有，你就是真的太累了。"我还记得和我的编辑一起翻完最后一页手稿时，能感觉到高烧顺着脖子爬到了脸上——103°F。那次我患上了肺炎，是人生第一次。

下面列举了一些不写回忆录的绝妙借口。而在这之后，是测量你是否做好写回忆录准备的小测试：

1. 总有些喋喋不休的声音在批判这样做有多么不好，如果你在心理上被这些声音吓到了，那么也许还是等你恢复平衡的心态再说吧。你可以在意他人的想法，但最好不要受其裹挟。

2. 如果你的记性不好，还是不要做这方面的打算了。很多人问我，怎么能想起过去的事情。我的回答是，如果想不起来，那可真是太幸运了——去找份正经的工作吧。

3. 如果你所写的事件距今还不到七八年的时间，你会发现写起来比想象中要困难许多。距离能让我们从过去的自我的虚荣中解放出来，看到事件更深的层面。

4. 还有，如果你还年轻，不如等等。我们大多数人在三十五岁之前还是像陶土一样软弱。[我知道，戴夫·艾格斯在写成他那本获得超凡成功的《怪才的荒诞与忧伤》（*Heartbreaking Work of Staggering Genius*）时，年仅十二岁，但他是个特例。]

5. 如果你是为了治疗来做此事，那不如去花钱雇人陪你聊天。你心理上的健康永远比你的文学生产重要百倍。

6. 如果你想复仇，请找一名律师。或者另辟蹊径，让复仇给你带来点乐子。我有一位朋友，他的书遭到了一次令人不爽的评论，然后评论者竟然把自己写的书寄给他，妄图向他索取一篇书评。他的回应是什么呢？“我把它拿到后院，一枪打穿了它的脑袋。”他枪击了那本书，并把它寄回给出版社。买一套飞镖和靶子。文学不是用来复仇的：它为读者而生。

7. 不要写你憎恨的人（然而休伯特·塞尔比声称你可以带着伟大的爱来写）。同理，不要写你正在进行中的离婚。

8. 如果你的写作将影响到一类人群——一个阶级或一个种族——

那么一定要为可能的后果做好万全的准备。汤亭亭被华人社区排挤过；麦考特则遭受过来自爱尔兰人的围攻。

9. 如果你是一名维权战士，从不道歉，也不会改变自己的想法，那么你将缺乏一种流动的性格，当灵魂抽出探寻水源的叉棍时，却没有办法伸入真实之河的底部。

10. 与上述相关：如果你不愿意重写，那么就不如放弃。你需要有能力反复三思，纠正轻易得来的诠释。

如果读至此处，你仍想继续，那么你一定很想弄清楚自己到底有没有能力应付你可能遭遇的一切。通过下面这个测试之后，我将用自己那管线条优美的细尖钢笔点在你的肩头，以最神圣的祝颂册封你为骑士。

让我们假设有一件不太好的事发生在你的身上——对于每一个想着写回忆录的人来说，这都不难实现。在你的想象中，一旦你动起笔来，就会“水到渠成”地写到那个最糟的场景。你将在实践中慢慢发展到那一步。让我们直面现实：你惧怕这一场景，就如同富人惧怕纳税的日子，如同魔鬼惧怕耶稣。它是一个驱之不散的梦魇。

你现在就要把它写出来了。

不要误会：你的目标不是完成这几页的写作。恰恰相反。这份草稿将封存在你的一个文件夹中。我要你在一个房间里坐上几个小时，忍受最痛苦的记忆的煎熬。但你最开始要做的核心训练，是尝试潜入你正常自我的表层之下，深入到更深的地方，离真实更近一步。冥想是化解创造力量的一种技术，在很多书中都有其踪迹。此外，还有一批其他的技术：从一到十数你的呼吸、吐纳之术、咒歌、开眼、钻研经文，等等。

为了让难缠的本科生完成冥想，我启用了篮球禅师杰克逊在《神圣篮圈》（*Sacred Hoops*）中讲过的那个故事，发现颇为奏效。课堂上不愿意闭上眼睛，或者喜欢瞎起哄的学生，都愿意跟随杰克逊的榜样。

菲尔[①]写到他年轻时打篮球，凭的是一种勇士般的自我激励——为了追求统治力而热血沸腾。但进入 NBA 后，当他触碰到自己自然身体天赋的极限时，他选择在心理上培养自己的优势。借助禅思，杰克逊开始注意到，在比赛中，他的脑子里有太多杂音，包括愤怒（“那个该死的张伯伦。下次我要弄死他！”）以及自责（“菲尔，一个六年级小学生也能投进那个球！”）。

> 心中的碎碎念无休无止。而充满反讽意味的是，我仅仅是在思想的狂乱奔行中多留了一个心眼，就让我的心里开始平静下来……尤吉·贝拉有一次在谈论棒球时说过：“你怎么能一边思考一边击球呢？”这句话对篮球同样适用，只不过打篮球的时候，一切都发生得更快了许多。

这句话对于写作也同样适用。要想唤醒你最深处的天赋，好轻松上篮得分，你就需要寻得一个平静、安宁的心灵状态。此时，你的思想不再袒护你较弱的自我，这样一来，你的心扉才可能微微绽开。于我而言，我的心里无时无刻不在审视自己所处的位置——与他人甚至是更早的自己攀比、竞赛，苦恼并谋划着争先之计。但在这之下，还有另一个自己在静静地注视着这一切。有位朋友曾经打电话给我，说她已经疯了，而我反问她：“是谁注意到你疯了呢？”作为一切的开始，你得先挨近那个安静的自我注视者。

把你的屁股放到椅子上就行了（就像某位智者曾说过的那样，这是成为作家唯一的门槛），然后在 15～20 分钟的时间里，练习把注意力从

---

① 菲尔·杰克逊，美国职业男篮历史上最成功的教练之一，曾分别执教乔丹、科比等巨星夺冠，先后帮助公牛队和湖人队建立王朝。因其对东方禅道颇有钻研，人称“禅师”。

你的头部移开，转移到下面更开阔的区域，如胸腔或腹腔神经丛——到一个自我意识没那么强的、更容易驾驭的或者不令人担心的地方。目的是撬开锁在你心灵上的螯钳。所以一开始不用在意你的想法可能到处乱窜，最终，你总会从信马由缰的思维里稍稍清醒过来，开始渐渐能够辨认出一点儿那个超离的自己。

你寻求的是足够的安静，好迎接真正的你进入你的心灵。灵感萌生，将诉说真实的精灵导入身体，准备好带着如炬的目光穿越通往过去的大门。然后，不要睁开眼睛，靠近那个你不敢写下的记忆。以感官的方式重构场景——我的意思是使用感官印象，而非与性有关。嗅觉是最古老的感觉——连无脊椎的单细胞生物也能闻到气味——也比任何事物都更能诱发情绪的记忆。如果你能召唤出所在之地的芳香——比如，刚刚修剪过的草坪或柠檬味的家具油漆——那么你就已经成功一半了。

你能看到什么、听到什么、触到什么、尝到什么味道？你穿着什么？衣服的布料是粗糙的还是柔滑的？如果你在海滩，时有盐雾，那么你就需要一件毛衣。如果是在一道土沟里，会有湿乎乎的蜗牛顺着你的脊柱爬下。你的嘴里该有什么味道？

我总爱把自己写作前的状态比作醒得太早而起不来床，只想找个虫洞钻进去，投入那个更诚实的地方。你需要一个清楚的感觉记忆，一个你珍视（或鄙视）的对象。重中之重是，你要找到你过去的身体。你冰冷的手环握住一个盛满葡萄汁的透明玻璃杯。那个背上有开关的敲钹的玩具猴，你一敲它的脑袋，它就会对你龇牙咧嘴地叫唤。你需要一个连接身体和心理的触点，一个你深深信赖的记忆作为起点。然后，让记忆自己运行。当然，它不会是连续的镜头，而是跳跃的剪辑和片段，零星的图像和念头。

现在，睁开你的眼睛。如果你做得没错，那么整件事都应该相当地活灵活现，或许会有一点糟糕。很多学生睁开眼睛的时候，眼中都噙着泪水。

静坐一分钟，把这一切冲洗掉。你会觉得好像刚从某个地方回来。如果你足够幸运，会找到一条附身于从前的自己的途径，通过当时的面孔，看到自己年轻时的手臂。恭喜。那你就太了不起了。我们大多数人只能留下一些片段和模糊的感觉。

下面，到了小测验的环节了：你能在身临其境时，保证自己不崩溃吗？如果你肩膀颤抖着啜泣、脸上一把鼻涕一把眼泪，那么答案也许就是否定的了。给好友打个电话，约个按摩，出去散散步。你在几年之内都不会做好进入此地的准备。火候未到。

如果你看不到什么东西，或者没有什么感觉，那么你同样也没有做好准备。或者，如果你只能感觉到一种自以为是的狂怒，那么除非这本书写的是一个更加残暴的主题（比如，你是一个苏丹的“迷途男孩”①），否则这或许也不是你的所善之长。

而那些受到了过去的真实的冲击并与其产生了情绪上的联系的人，那些仿佛在某地经历了一番神游的人，和那些感觉满意甚至哭了出来但并没有被压垮的人——你们都跟我来。

现在，试着动笔写下几页，作为将来参考的笔记。因为有关口音或者其他任何事宜，你都尚未确定，所以不需要挤入全部的背景信息，不用逐一考证年份等。这些东西只会让你陷入思考，并把你逼疯。你可以自在地写作，假设读者已经掌握了一切信息。而当你真正写到书中这一部分时，他们也将真的已经掌握这些信息了。

可是你也许会问，这是在为谁写作呢？很多人会说：“我为自己写作。”我远没有那么酷。我倾向于想象出一个我所仰慕的写作伙伴，也许是从前的一位老师，也许是我的儿子，或者是我已故的神父。这

① 1983年爆发的苏丹内战，持续了二十余年，期间无数难民流离失所，其中有一部分获救者被救援者称为“迷途男孩”，部分迁往美国定居。

能帮助我理清信息呈现的顺序。打个比方，当你在午餐时和一位朋友或心理医生聊天时，你马上就会知道那些话应该在什么时候说。

如果你的脑海中的确有一位读者，最好把这个场景以书信的方式记录下来，把你能感觉到的所有具体的细节都添加进去。同时，你还要尽力描述出你的内在心理活动。可以是现在回首往事时的心境，也可以是当时置身其中的想法，哪个视角都没关系。而如果你在翻来覆去地重访成年的自己，也把那种感觉表达出来，讲讲在现在时与回忆之间的滑动是什么模样。

下面这几个问题，可能会把你向前推一小步。你本来想要达成什么，如何达成？哪些方法灵验了？哪些无效？如果对你的人物而言是一段特别糟糕的记忆，你要确保不要把它搞得比原来更糟。我们之中有很多人在糟糕的时候会把自己封闭起来，或者选择逃避，所以你也应该把这些传达给读者。回忆录作者的工作，不是在每一页上添油加醋地爆猛料，而是要想办法帮普通人进入。不然的话，读者会被你搞懵，看你就如同施普林格数据库[①]里的人；或者，他也可能会可怜你——无论哪种情况，你都会损失一部分威信。这本书变得过分关注你的感受，而对读者照顾不周。

最后，把它放到一边。至少有一周的时间不要去想它。你需要让它像果冻一样凝固成形。而当你重新拾起它的时候，再问问自己，我还有哪些话没有说？其中涉及的其他人会不会对此有不同的看法？

最重要的是，我对自己的出镜有多少畏惧？这不仅指看上去好还是不好，而且指这里有没有装腔作势或自我意识可以进一步剪切、更正或通过坦白的方式加以利用。

在我身为作家的自信心跌到谷底时，曾一度对《点燃》能否完成

① 德国施普林格数据库，是全球最著名的在线数据库之一，收录大量期刊和学术资源。

感到不确定。我甚至考虑过卖掉我的公寓，来偿还订金。然后一位耶稣会的同伴问了我一个相当简单的问题：要是你不害怕的话，会写什么？我最初确实不晓得答案。但我知道，找到这个问题的答案，将帮助我解开写作的枷锁。

现在，你也许还不知道，如果你不再害怕，能写出什么。我也甚少能搞清楚。这在每个不同的时刻，都是一次全新的挣扎。但如果你有发掘答案的热情，那么你就已经做好了准备。愿上帝帮助你。

4 一种口音创造一个人

> 我相信当末日的最后一次钟声变奏，在最后一个夕阳映红天边的傍晚，于风平浪静的海面上无用礁石处消散，即使在此时，有一种声音尚在：（人类的）微弱而不竭的口音，仍在倾谈。
>
> ——威廉·福克纳

每一本伟大的回忆录的生与死，都百分之百取决于口音。它是作者经验的传递系统——一条巨大的宽带电缆，承载着一个人内部与外部经验每一个明暗度不同的像素。每一种口音都在精巧的雕塑下，展露着一个作家的个人天赋和世界观。写回忆录的人，最开始总是先要胡乱地搜索并草草地记下事实，漫无目的地回想逸事。大概要在几百页试验性的草稿写成后，作家才能开始找到一种专属于他本人和他自身经历的言说方式。但当他一旦找到，不论是感官的还是内在的经验，都会以清晰的面目涌回眼前，作品也会充满电荷。而对于读者而言，口音一定要从第一句话便出现。

因为回忆录是一种朴素简单的文学形式，其中描述的事件——在最差的作品中——可以表达得相当单薄，并且杂乱无章。但如果口音具有足够高的电压，它就能载着读者向前，穿越一切混乱的叙述方式，且不惧突转的话头。因为口音能在读者的想象中，魔法般地变出一个几乎完全现实化的活人。我们基本上会认为，口音就是叙述者。如果故事本身引人入胜，那自然再好不过，但一个绝妙的口音，可以把最枯燥乏味的情节，表达得不同凡响。

任何一种口音诞生的秘密，都来自作家对于一道牵引之光的求索。这道光将引出有关心理冲突的内在真实，照亮前路。当一位艺术家有意识地建构一种口音时，他选定各种要素的理由，是因为它们是人物的自然表达形式。因此，首要的一点是，口音必须听上去属于那个运用它的人——那个人最最有趣的版本——并原发于他的核心自我。

在我有幸接触过的所有出色的回忆录作家中，几乎每一个人在书中的口吻听起来都和本人说法无甚差别。如果纸面是一张面具，你把它撕下来就会发现，原来作家的特征和面具的形态是一个模子刻出来的，连在公开和私下的自我之间都难寻裂隙。这些作家的口音让你感觉和它们的主人距离如此之近，几乎进入了他们的身体内部。哪怕是像哈克·芬和斯库特[①]这样的虚拟叙述者，又有谁不曾多多少少想象过他们的世界呢？

口音应该为情绪的基调留出一定的空间——如果太过自作聪明，就无法传达哀伤之情；如果太过悲苦，又会显得尖锐刺耳。它与材料和读者之间需要拉开距离，并保留变化的余地——从冷酷和漠不关心，到紧张而近密。与其说作者选择这些风格，不如说这是与生俱来的。他的身份和他过往的经历，形成了风格变换的基础。

口音并不仅仅是一种说话的方式，它还是一种可操作的思维定式和观察方法，天然地根生于对过去活生生的自我的感觉。由此可见，为何自我意识如此关键。如果一个作者对于自己的生活缺乏审视——有些人就是很难从另一个角度重新考虑冲突——那么他也许在塑造口音上不会很出色，因为他的防御性挡在了他和他要说的东西之间。另外，我们还会很自然地倾向于将我们现在的自我强植入过去的自我之中，导致我们无法回想起那些与我们当下的身份难以协调的记忆，或者干脆为了更舒服的解读篡改真正的认识。我们必须坦白所有曲解过去之处，而这些反思和犹疑则必须在口音中找到表达的途径。

你从一开始就签订了契约，要奉献出你能搜集到的最深处的自我认识，没有矫饰，没有装腔。别的作家也许不是这样，但与我交谈过的每一位出色的回忆录作家，都像是被诅咒了一般，不得不直面真实

---

① 哈克·芬和斯库特都是美国小说家马克·吐温小说中的人物。

的事件。这就是我们这一行的本质。真实像一条导火线，能引爆作品，赋予其生命。

如果读者感觉到作者心中存在某些欺骗或矛盾的元素，令他难以认可，那么这将大大侵蚀写作者的权威。这会把读者从书页上赶走，让作者同“丘比哈比”冰激凌和电视遥控器展开竞争——这可是相当难赢的比赛。

你在现实世界中如何迷倒众人，在书面就也应该采用同样的方式。很多伟大的作家对“迷人”颇有微词，但我并不是要用这个词召唤出一个耍蛇的“迷人”者，利用被拔掉毒牙的动物表演把戏。有太多作者都在用这种方式和读者套近乎，结果只生产出一些枯燥、隐晦的作品。写作的目的只是为了满足艺术家虚荣的自我。“迷人”（charm）本来自拉丁语 carmen，意为唱歌。所谓“迷人”，我指的是唱得足够悦耳，能让读者意醉神迷。在现实世界中，不管人们爱的是你身上的哪一点，它在纸面上都会加倍彰显出来，而在现实世界中让他们抓狂的东西，在纸面上却会让你显得谦卑。［你需要双面的自己——野兽的一面和美女的一面——才能锁住读者的注意（兴致）。］

很不幸，如果没有作家黑暗面的呈现——卑琐、虚荣、诡谲——纸面上的“智慧”只会散发出一阵阵牛粪的“香气”。人们也许会因为你的热情而喜欢上你，但你同时也可能是个容易被激怒或者过分热情的人，会显得对他人有一点不屑。回忆录作家必须警醒并杜绝这一切，这也就意味着要戒掉那些和其他人一样用来伪装自己的惯用方式——把自己装扮得更善良、更聪明、更敏捷、更幽默。不可能所有的好处都让回忆录作家一个人占全了。

理查德·赖特的《黑孩子》在美国黑人民权运动[①]之前出现，在

① 又称“非裔美国人民权运动”，自 20 世纪 50 年代兴起，反对种族隔离和种族歧视，是以非暴力抗议行动为主的群众斗争。

书中，他似乎有意避免“迷人”，并以一种代价高昂的苦痛语调叙述。这种拒绝迎合的姿态，构成了他天才的核心——将一种冷眼的目不转睛的凝视，以通常无法压抑的愤怒的方式传达给我们。

而正是赖特本人，以 1945 年《黑孩子》的初版掀起了 20 世纪美国回忆录文学的狂潮。在他身后紧跟着另外几部风行的作品：托马斯·墨顿的《七重山》（1948 年）、纳博科夫的《说吧，记忆》（1951 年）和玛丽·麦卡锡的《一个天主教女孩的童年回忆》（1957 年）。纳博科夫从 1936 年开始就在法国发表了一个章节，而麦卡锡也在 1946 年的《纽约客》（*New Yorker*）上进行过连载，但我敢打赌，赖特才是第一个事先并无盛名，而以一本书赢得读者追慕的回忆录作家。赖特塑造了我们今天心目中的这一文学形式。（下一代的代表人物是玛雅·安吉罗和弗兰克·康罗伊，他们无疑都从上述先贤身上受教良多。）

布克·华盛顿的《超越奴隶》（*Up from Slavery*）在此之前曾成为风靡全国的畅销书，但华盛顿在著书前就已经是个风云人物了。赖特才是第一位以默默无闻的身份闯入《纽约时报》畅销书排行榜上的非裔美国人。当然，他并不是最后一位，在他身后还涌现出马尔克姆·X（1965 年）和安吉罗（1969 年）等人。

我的少女时代在种族隔离的得州度过，当时我们依然对种族歧视的话题噤若寒蝉，而正是这些书向我展现出它的面目。时至今日，我甚至觉得这些回忆录曾为黑人民权运动提供了部分燃料。如果没有它们，黑人的经历就只能通过社会政治演讲这唯一的途径来进行表达。赖特拒绝像温厚的汤姆叔叔一样，以顺应民意的文字博取大众的欢心，这在他所处的历史时代，算是一项革命性的创举。而且，在当时的语境下，也传递了一种真实。当然，他也会以诗意的语言传达出一些喜悦的声音：

> 每件事都有其隐含的意义，而生命中的时时刻刻会将它们的

暗号逐渐解锁。当我第一眼看到一堆身上布满斑点、黑白相间的如山峰般的骏马疾驰而过，穿过扬起的沙土，在一条多尘的路上留下一串蹄印时，我感受到一种奇妙。

当我看到红色和绿色的蔬菜整齐地排成长列，在太阳下伸展，延至光明的地平线时，我捕捉到了一丝欣悦。

然而，如此温婉的时刻，与种族歧视的南方和种族隔离的芝加哥那些地方的残酷事实形成了鲜明的反差。他用一种混乱而漫无目的的狂怒作为《黑孩子》的开篇，他决定放火烧掉家里的房子：

我的想法在生长、绽放。现在，我一心想的是，如果我点着一把稻草，再把它们放到那长长的毛茸茸的白色窗帘下面，会产生什么样的效果。我要试试看吗？当然。

在这之后，他被他母亲打得半死，并囚禁在床上，经历了一场幻觉。不久之后，他又找到了一个反抗和激怒他那专横跋扈的父亲的办法。有一天，在被一只喵喵叫的猫吵醒之后，老头子借着起床气，叫理查德去堵上它的嘴："杀了那个倒霉东西！"然后，男孩就真的那么做了。

赖特在描写杀猫时，表现出令人背脊发凉的超然和冷漠。在和他的父亲就杀死这只动物的"正当性"进行了一番据理力争的辩论后，他记录下这样的话：

我获得了对我父亲的第一次胜利。我让他相信我是严格按照他说的话的字面意义去执行的。这样他就没办法惩罚我了，否则就会威胁到他自己的权威……我要让他明白，我觉得他很残忍，但是我没有为了告知他这一点儿受到他的惩罚。

赖特这桩法律式的个案，完全避开了道德虔信，赤裸裸地呈现出真实和残酷的无情碎片——即便这发生在他本人降生的家庭之中。美国出版方鞭策他把书的题目由《美国饥饿》改为《黑孩子》，于是将一个空想的标签降解为一则种族式的侮辱语。也正是从那一刻起，他的口音凌越众人，获得了一种不可撼动的真实感，并拒绝一切柔焦[①]式处理。他是极少数几个能够成功做到这一点的回忆录作家之一。德国小说家托马斯·伯恩哈德的《搜集证据》（*Gathering Evidence*）和罗伯特·格雷夫斯的《告别往事》也同样给人以苦大仇深的印象：这种语调放在别的作家那里也许会刺耳，但在他们的笔下，却是为了换取真实而付出的不可避免的代价。

* * *

根据我个人的教学经验，在一个精挑严选的研究生项目中，基本上只要是用心写下的真相，并且足够清晰和坦诚，能容纳一定的情绪变化广度，那么最终都会令我着迷。我不确定是不是每个写作者在书写鲜活的人生经历时都能赢得我的称赞，但我的学生们看起来的确相当善于编织出自己独特的口音，让我心悦诚服。

而且口音越是令人难忘，作品也会越显得真实，因为你可以目睹作者把他自己心中的真相拼凑在一起的全过程——而不是所有人都已然认可的版本。或者是不是该说，一本书越真实，就会产生越好的口音？

伟大的回忆录听起来像是一个不同寻常的人，同时也覆盖着一段宽广的感觉范围。油腔滑调的说笑者则与满腹牢骚、喋喋不休的诉苦者一样，乏味而不可信赖。

这种传达真实的天赋还要求口音必须具备无畏的勇气，能把那些如果放在别处会让我们觉得不可思议的事件在此处表达出来。在我看来，希拉里·曼特尔的《气绝》（*Giving Up the Ghost*）不比她任何一

---

① 柔焦，是摄影中一种控制和改变影像清晰度的技术，能够增加影像的柔和感和朦胧感，此处指朦胧、缓和的笔调。

本获奖小说逊色，值得我们致以敬意。而在此书的第一页上，我们就听到了她与灵魂世界的遭遇。在一个楼梯上，她穿过空气中的一团微光，其中站着一个鬼魂："我知道那是我继父的鬼魂从上面走了下来。或者，换一种大多数人更容易接受的说法，我'认为'那是我继父的鬼魂。"起笔之初，她首先把自己神秘的体验作为简单的事实进行陈述，但是因为她知道在我们充满猜疑性的文化里，很多读者都会认定她精神失常，因此她又用下面一句话过渡到由那些读者更为理性的信念系统支配的地方。她换了一种说法，把"认为"加上引号。于是她先从自己的神秘体验出发，再轻巧地踱到多疑的读者们所站的位置，他们在那里早已经做好了批判她的准备。而正是从那一瞬间开始，我们对于这个口音产生了信任，它同时包含了非理性的元素和我们对它的怀疑，既合情又合理。通过这种做法，她邀请我们走进了那些对她而言再平常不过的超自然经历。在几段文字之后，她讨论了折磨自己多年的眼性偏头痛的病灶，这为她与鬼魂相关的经验提供了神经学上的可能性。但最重要的是，我们已经认可了她对自己与灵异现象遭遇的饱满的好奇心以及她为此寻求解释的意愿。

所以当她在晚些时候写到还是孩子的她在花园里撞到了究极之恶——人们只能以恶魔称之，但是她并没有说得那么邪乎——的时候，她无须为了打消我们的疑虑而再次特意指出事件的非现实性。书中的口音已经为我们留下了心理缓冲的空间。曼特尔只需要严守着物理事实和她童年时的反应就好了：

> 那是最微弱的运动，一丝涟漪，一缕空气的扰动。我能感觉到一种如同蝇虫一般旋转的、慵懒的、嗡嗡低鸣的绕动，但那不是苍蝇。什么也看不到。什么也嗅不出。什么也听不见。但它在动，它那傲慢的举动让我的胃里泛起一阵恶心。我能感觉到——在我所有感官的极限和边缘——那个生物的轮廓。它像一个两岁

> 的孩子那么高。它的厚度有一英尺十五英寸。空气在它的四周无形地涡旋。我很冷，而且很想呕吐。我一动也不能动，站在原地发抖……而这正是耻辱的开端。

不管你对这一段文字中曼特尔笔下的“现实”是否有所怀疑，你都不能怀疑她所报告的东西对于她自己而言有一种近乎神圣不可侵犯的真实感。[类似的东西还存在于她的小说《黑暗深处》（*Beyond Black*）中，这是我所知的最能令人产生难以抑制的不安感觉的作品之一——可以同《螺丝在拧紧》（*Turn of the Screw*）[①] 或斯蒂芬·金最好的作品相提并论。]

口音还必须向读者坦诚一切道德上的败坏，如托拜厄斯·沃尔夫的《这男孩的一生》：

> 我是个骗子。即便我生活在一个所有人都知道我是谁的地方，我还是忍不住想要推销自己的新身份。这要么是因为我的兴趣发生了变化，要么是因为我为自己编造的其他版本的谎言无法继续说服众人。同时，我还是个小偷。

这一段坦白的过人之处在于，作者对此持有自觉性的理由：他在努力塑造一个自己，而当大众的观念干扰到这一进程时，沃尔夫会为了愚弄他的观众而造假，并继续推进他视为重塑自我的事业。这是自我意识的天赋：谁不曾想过成为一个与众不同的人，并用自己的行动诱使大家买账呢？这番坦白不但没有摧毁读者对作者的信心，反而加固了他们的信念。我们能接受回忆录作家的一切表现，只有欺骗不行——而这几乎总是由肤浅之人因为缺乏自我意识招致而来。

即便是某个我本来不会去关心的人，如果他是从自己的苦难经历和自我认识出发开口说话，也会强制性地唤起我的注意。在坐飞机的

---

① 美国19世纪小说家亨利·詹姆斯所著的经典心理恐怖小说。

时候，我们被安全带固定在座位上，身边难免都曾挨着一位喜欢聊天、人超级好但是比橡皮刀还无趣的家伙。如果在平时，哪怕跟他们一起搭五分钟的电梯，我都会视为噩梦，但因为旅途中大家互不相识，他们有时候反而会说一些感觉相当深奥的体验。这时，我会不由自主地被这个人的袒露心扉所迷住。这个人鲜活的内心表达，当以真心和坦诚讲述出来的时候，会呈现出一批又一批充满激情的苦痛与欢愉……而这总是能捕获我的心。

谈论感觉上充满激情的事件是有风险的。情绪的筹码能召唤出戏剧，神秘地蕴藏在人体狭小的空间内，与感觉和危险形成冲突。不要误会，一位作家的口音并不一定非要洋洋洒洒或者载满歌剧风格才能奏效。这么说吧，没有人比康罗伊或纳博科夫更加沉默寡言，但是不管他们总体的语调有多么冷酷，也没有人会质疑他们感觉的深度。

虽然我常常遇到肤浅的邻座，并被它们推销虚假的自我的行径搞得扫兴异常，但我也常能观察到陌生人脸上散发出的鲜活的激情，并被牢牢吸引。即使是最为守口如瓶和拒绝合作的人，无论他们如何努力地抑制自己的感情，也会在近距离讲述那些参与了其人格塑造的核心故事时，禁不住传达出这些感情。所有敞开心扉的人，哪怕是最不善于表达的那些，也会在短暂的瞬间与我发生联系，转瞬即逝，却如同美妙的交响乐一般，感染到了我。交响乐的发明正是为了满足我们彼此之间共享联系的需求。回忆录亦是如此。

所有的戏剧都依赖着我们在彼此之间建立联系的需求。我们的生活注定要成为戏剧；即使是我们之中最幸运最尊贵之人，只要还算是人类，就承受着与不幸者同样的折磨。我们心爱的人要么忽然离去，要么经过漫长的苦难后才告别人世。我们要么生来丑陋而贫穷，要么虽然漂亮而富有却缺少关爱。甚至在最完美的家庭里，浸润在爱意中的亲人也会有意或无意地撕毁彼此的希望。他们要么错过了关键的时刻，要么在渴求温情的时刻带着悲伤与羞愧出现。

我从事的这项工作有一个很棒的副产品，就是陌生人常常会跳过无关痛痒的闲话，直接吐露他们生命中更为激荡的片段。颇为奇特的一个现象是，我从来不会不被这样的故事打动。但我其实并不是一个富有同情心和在感情上慷慨大方的人。

我只是想说，任何一个活着的、呼吸尚存的人，哪怕是天生愚钝或勉强可以把话说清楚，都能传达出如此之多有关自身的东西。作为心脏跳动不息、神经脉冲不止的生物，即莎士比亚所谓的“寒碜的、赤裸的两脚动物”，我们的生理属性支配着我们所有人；我们内心深处以硬线相连，在共情的时刻注定会在他人身上看到自己。倾听彼此的故事能够切实地提升帮我们产生良好感觉的后叶催产素的激素水平，这种激素是哺乳期女性喂养子女时的母亲秘方——能够在一定程度上帮助她们和后代建立亲密联系。它能以某种原始的方式帮助我们联合在一起。

把活生生的经历落实到纸面之上，难上加难。一个故事如果没讲好，生活便会因为语言而变得渺小。关键的细节会遗失，而那些句子听起来可以从任何一个人口中说出。我们需要的是一个特别的口语装置，用来撬开作者心中隐藏的一切，好让我们得以重新体验那一段生活：这个装置就是口音。

遗憾的是，没有人能告诉一个作者，打磨出一个口音到底有多难。找一本写作教材，查一查“口音”这个条目，他们在这下面讨论的净是些看起来相当机械化的内容——措辞、句法、语调。哦！作者边说边敲了下自己的额头①。措辞，不过是词汇的选择而已，取决于你喜欢哪些用词上的变化。句法，是指句子的长短，它们如何构成、

① 美国俗语“Smack your forehead”（敲打你的额头），表示忽然之间明白过来，并含有后悔当初没有过早明白的意味。

带不带从句等。有些句子蜿蜒冗长，另外一些句子则像机关枪连击一样发射。语调，是句子的情感基调，它反映了叙述者对话题的感觉。罗伯特·弗罗斯特曾说过，每当他隔着墙听到辨不清字句的话语时，单凭语调就能判断出谁生气了，谁被逗笑了，或者谁马上就要哭出来了。而在我看来，心理即口音，所以你自己的心理——你的所思、所想、所疑、所谋、所厌——同时也决定着诸如节奏以及何时应写何事等因素。既然所有这些文学上的决策，都是回忆录作家笔下人物性格的衍生物，那么也难怪我常常发现，无论纸面上面对的是有关这些因素的何种难题，一旦我找到正确的口音，都会迎刃而解。

在弗兰克·康罗伊的《停止时光》（1967 年）中，他没有试图把一段平庸的经历硬生生地提升为一道戏剧化的奇观。相反，他斟酌片许，将其以一种极具诗意的方式表达出来，令你过目难忘。在下面这一段文字里，他是一个绝顶聪明却装作不务正业的高中生，正准备离家上学。

> 闭上眼，抬起头，我直接喝下盒子里的牛奶，大口豪饮，冰箱里溢出的凉气侵散到我光着的双脚。我剩下一英寸，留给（我继父的）咖啡，把牛奶盒子放回原位，一把推上了那扇没用的门。早饭毕。

这个场景捕捉到了任何一个青春期男孩站在冰箱门前都会表现出来的那种野性的饥饿感。然而，它就是（让人感觉到）与众不同——大口的豪饮，侵袭到他双脚的冰凉，还有他不得不留给继父的一英寸牛奶。他这么做是很贴心、很不情愿，还是纯粹出于习惯？你只能在阅读中自己寻找答案，因为康罗伊能做到让最最平常的事情别有意蕴。没有人能比他更好地表现一个少年愤世嫉俗的草率早餐。再来看看这一段的韵律：三行的长句跟着一个两行的短句，最后收尾的是敷衍的三个字：早餐毕。这是一个无法无天的男孩在翻索粮食，而没用的冰箱门的权威与男孩雄性勃发的口音——这些可以从后文的语境中推断出来——则与康罗伊扮酷和“我受到忽视根本无所谓”的伪装面具达成了一致。康罗伊的口音强大至极，在这一力量发挥到极致时，甚至连扔一个悠悠球，也能和性意识联系起来：

> 那种暧昧的手淫属性似乎没法回避。
>
> 我怀疑美国一半的发育期男孩都能被任何一种其他的道具迷惑住……仅仅是一次简单的翻跟头，也能以某种神秘的方式代表着手淫的动作，但是将整套动作拆分成投掷、翻花和拉回三个步骤，分别象征勃起、高潮和消肿，就有一点儿过分了。

康罗伊让自己沉浸在练习悠悠球的痴迷状态，以此从他家庭的深度缺爱中解脱出来。用老爵士乐手找鼓点的方式，找到一个“酷”的点，对他而言则意味着找到了一种秩序、宁静和一个时间可以静止的所在。在这种很酷的事情里，身处痛苦之中的男孩康罗伊便消失了。他之后还会发现性、音乐、酒精和超速驾驶，作为他逃向无我之寂静的其他道具。

我以康罗伊的《停止时光》作为教材教学已经有三十年上下的光景了，我可以作证，学生们似乎都很信任这个口音。他们相信他——相信他不会撒谎或者误导，也不会捏造事实或者迎合；不会用承认一些较轻罪行的方式掩盖更大的错误；不会无聊，也不会摇尾乞怜。于是，在文学的意义上，他的话听起来是真实的。

再次重申：口音源自作者的天赋本性，而这又根植于他内在的性格。一位回忆录作家的天赋将他的魔力施于纸面，而与此同时，我们也会因此目睹他的自私、卑劣或专断独行。当然，这可能是他过去的样子。我们不会客观地看待事件；我们通过自我来观察它们。而我们的记忆则要经过双重滤网的过滤：我们现在是谁，以及我们过去是谁。

所以，最好的口音，一定包含了作者的内在。你注视着他的思想，看他如何摸索着谋划或处理事件，这样你的视线便不可能错过他的自我的形状、他的盲点、他的所厌及所愿。值得我重读一遍的书，都不会追求像电影一样的记录方式——即以一种视觉媒介紧缚于表面的行动（如今，在流行影片中，越浮光掠影，便越受欢迎）；也不会像历史一样——通过权衡、估量不同的材源，精确计算出一个不偏不倚的视角。

告诉你一句实话，这些回忆录作家恨不得对路上的每一次颠簸都忍不住进行反思，努力呈现出他的知觉滤网如何扭曲他的所见所闻。换句话说，他把对自己的观察的质疑纳入到写作过程之中。越深刻——因而也就听起来越合理可信——的作家，越愿意如此发问。

正如记忆会变形一样，自我的合成器也在改塑着哪怕是我们最简单的感觉，而口音则应该将这种变形反映出来。康罗伊并没有因为他那次不能算毫无意义的狂饮牛奶而显得敏感而脆弱，赖特也不会因为正当的暴怒而被人说成是玻璃心。每个人各自的噪音，让他们成为鲜活的存在。虽然还只是孩子，他们听起来都倔强而且愤世嫉俗。一个人对于世界和自己在世界中所处的位置持有什么样的观念，世界在他的眼中就会以此面目出现，因此，我们大可推测出，他们在现实世界里和在书面上写的一样，高度警觉、敏感小心。他们将自己面前发生的事情按照他们各自假定的万事万物运行的方式加以解读——对他们而言，这可能要通过聪明狡猾的怀疑才能够实现。

主观而自我的知觉，天生就难逃虚假的歪曲，这已经是一个常识——要么是出于自我保护的欲望，进行温和的改装；要么是在深度的偏执状态下，进行粗暴的篡改。既然如此，我为何还敢妄言回忆录中的真实呢？佛教僧侣将自我接受世界的方式称为“摩耶”，亦云“幻”；心理学家则可以点明，你是如何将过去的创伤投射于当下无辜的事件。这么说来，真实到底有没有可能真正存在呢？

我不是在说，记忆没有任何可疑之处，而是想说，有自省意识的回忆录作家能不断地戳刺他的疑问，就像一条舌头在不停地舔舐一颗蛀牙。打造一个更加深刻且更加真实的口音，秘诀就是在你向前推进时要认识到自己可能在观察中出错的方式，这样才能从多重的角度出发看待事物。口音的目标，不是要发出一个客观权威的声音，而是要表达出一种主观的好奇心。

比如，对于我来说，在我写的每一本书中，都有一种对于阴郁的偏好，需要坦白交代。苍凉的幽默感和犯错只有一线之隔，却是支撑我活到现在的武器，因此也自然浸入了我的作品当中。当我的姐姐问我，为什么我小的时候遭到性侵犯而她却没有时，我打趣说："也许是因为你不够可爱。"这句俏皮话涉及我生命中最黑暗的经历，却试图借此转而贬低别人。这足够阴沉了吧。如果让我像一个活蹦乱跳的拉拉队队长那样，把我的故事呈现得活泼欢快，那就是在逼我说谎。那种阴沉和冷酷，不得不在。

一个可信的口音，记录着自我是否以及如何发明了现实，并改造着个人独立的"真相"。我们大多数人都更习惯用眼睛去观看风景，而不是去阅读风景。

每一位我所尊敬的回忆录作家，其口音都似乎内在地含有一种无法佩戴天使翅膀的本性——不会推卸罪责或者为过去的罪行辩护。成为真正的艺术家的那些生活编年史撰写者，碰巧都是那些在各自丰富的内在心理中接受了良好特训的家伙。一种对自我体认的诉求驱使着这样的作家跨越他平时在派对着装上倾注的虚荣，最终竟大胆地在舞会上裸身亮相。

一个回忆录作家的本性——塑成记忆滤网的那个自我——将会被证明是其天赋的源泉。所谓天赋，我指的不仅仅是表面的文学天分，虽然这也是工具套装的一部分；更重要的，是生活经验、个人价值和取向、思维过程、直觉和内在性格。

在《谁杀了托尔斯泰——我被俄国文学附魔的日子》一书中，包含着巴图曼对俄国文学的热情，将她的超现实隐喻天赋发挥得淋漓尽致。下面这段文字取自她笔下一出精彩的闹剧。在这一章里，她详细地描述了一场讨论巴图曼的偶像、苏联烈士伊萨克·巴别尔的学术会议。

> 当俄国科学学会为一位作家编撰“全集”的时候，可不是在谈论你可以放到手提箱里跑路的东西。托尔斯泰的“千禧版”足足出满了一百卷，重量相当于一只刚出生的白鲸。（我把自己家卫生间的秤拿到图书馆称量过，每次只能称十卷。）

她拖着一台秤跑到图书馆这个细节，把她刻画成了一个惹人爱的强迫症怪胎的形象，而我们也会希望，她对俄国文学的热情能够感染到我们。（提示：真的会感染到。）

和巴图曼的作品一样，巴别尔的作品也以令人称奇的并置和令人过目难忘的明喻著称。他的《红色骑兵军》（*Red Cavalry*）系列故事中，有一则如此开篇：“橘红色的太阳滚过天际，像一只被砍掉的断头。”

如果你同我一样，也在小众文学杂志《n+1》上读过巴图曼那一段文字的第一个版本，就应该看到过，她是如何打磨自己运用隐喻的天赋的。在第一版中，托尔斯泰的全集还只是和“一只大型的森林狼”一样重。我们大多数人兴许就会止步于这个狼的比喻了——它既震撼，又有趣，而且贴合俄国的风情。但她还是重新改写了。白鲸显然是好得多的一种动物，它让人联想起咸鱼籽酱，仿佛能听到消逝的沙皇帝国的回音。另外，白鲸和托尔斯泰一样，都是庞然大物，并支配着狼所无法企及的更加珍惜的要素。人们甚至很难相信，他和我们其他人一样，同属于哺乳动物。

当你动笔打草稿的时候，要尽可能清晰地把故事做实到笔下，然后再开始向纸上撒入那些专属于你自己的语言。这时，你既是作者，也是个普通人。如果你对真相足够信任，可以在纸页上不断地展露你的自我，那么不管这些袒露在最初显得多么羞耻，你的作品终将自然而然地形成属于自己的结构，把你最擅长的方面最大化地呈现出来。你必定最擅长于此，因为它坐落于你热情的核心。

谢丽尔·斯特雷德的《涉足荒野》至今仍在热销榜上居高不下，这要归功于她天生对诗歌的热情。这种热情赋予她的语言以诗意的特征。当然，还有她在原始太平洋小径上独身徒步期间每天坚持写日记的习惯，这为她的书提供了框架。斯特雷德称真实为一次远征："我告诉我的学生们，他们要去寻找真实的、更真实的和最真实的故事。"她的第一稿已经撕开了表象，但她又在反复修订中寻到了更深层的心理真实。如何接近真实，取决于你自己的热情所在——可以是俄国文学和超现实的隐喻，也可以是日记、诗歌与远足。

要想了解两种不同的天赋作用于同样的素材会产生什么样的效果，我们可以去阅读沃尔夫家吉奥弗里和托拜厄斯两兄弟的作品。吉奥弗里的《欺骗公爵》（1979 年）之所以获得了广泛的影响，有一部分得益于他作为一名传记文学家的卓越技巧：他使用一种历史学家的调研方法，掘开了他骗子父亲的谎言。吉奥弗里的《黑太阳》（*Black Sun*）是为垮掉的一代中自杀的哈利·寇斯比所撰的传记，在引人入胜的同时，又能做到滴水不漏，调查和访问在这本书中已经是他驾轻就熟的绝技了。他在回忆录中使用照片和文件，将其展示为经过了充分调查的作品。但非虚构作品对于真实的定义在不断地进化。等到他的弟弟在 1989 年献上《这男孩的一生》时，他既没有使用照片，也没有进行访谈。他的作品纯粹是一次记忆的行动。两个男人，两种天赋，两种倾向。

打磨一种口音，实际上是在学习如何把你自己的记忆存入别人的头脑之中。通过某些方式，叙述者要在书中代替读者出现。

* * *

我只知道一种打磨口音的方法，就是用你自己的方式将其写出来。当一名回忆录作家在纸页上斟酌字句时，他一边在讲故事，一边会发掘出自己最擅长之物，而这就应该在几乎整本书中凸显出来。

而且你不需要用炫目的措辞和句法来赢取观众——只要真实，就足够了。弗兰克·麦考特的《安吉拉的骨灰》用普罗大众鲁钝、粗短的措辞，制造出了神奇的魔法效果：

> 我爸和我妈本该留在纽约的。他们在那里相识、结婚，生下了我。可是他们却返回了爱尔兰。那时候我四岁，我弟弟马拉齐三岁，双胞胎奥利佛和尤金不到一岁，而我妹妹玛格丽特已经夭折了。
>
> 当我回首童年时，常常纳闷自己到底是怎么活下来的。那当然是一段悲惨的童年了：幸福的童年根本不值得你浪费时间。但比一般的悲惨童年更糟糕的是悲惨的爱尔兰童年，而比这还糟糕的，是悲惨的爱尔兰天主教孩子的童年。
>
> 到处都有人吹嘘和抱怨他们早年的悲苦，但没有什么能拿来跟爱尔兰的版本相提并论：贫穷；贫嘴而懒惰的酒鬼父亲；在火边呜咽的虔诚而挫败的母亲；傲慢自大的牧师；恃强凌弱的校长；英国人以及他们八百多年来对我们所做的那些可怕的事。
>
> 比这些更糟糕的是——我们是潮湿的。

除了极个别零散的拉丁文单词，如贫嘴（loquacious）之外，麦考特的用词都是我们在五年级前就已经学会的词汇。是他所写的内容和时间，以及他用语的直率，让我心生亲近。像纳博科夫（下一章会更多讨论到他）那样的博学之士，可以用他的语言学表象赢得我们的喜爱，而麦考特的方式则让我们对他产生了更多的认同感。

上面第一段，先提出了家庭的问题——我爸和我妈本该留在纽约——然后列出了一张最简单的兄弟姐妹清单，并以一个死婴的可怕呈现收尾。而且因为麦考特通过某种方式知道我们这些读者会很担心再次碰上“糟糕的爱尔兰童年”那一套陈词滥调，所以他紧接着一举扫除了这份担忧。他直截了当地浸入读者对他的作品暗藏讥讽之处。麦考特用戏拟的手法，将这一点连根拔除：火边呜咽的虔诚而挫败的母亲；傲慢自大的牧师；恃强凌弱的校长……他最后用一句简单、低调而世俗的笑话，对自己在岛屿上的故土感受到的生理上的寒冷开了个玩笑：“比这些更糟糕的是——我们是潮湿的。”麦考特抬高了心理预期，同时用悲剧和幽默赢得了我们的赞叹——这是对此书整体面貌许下的一个质量保证。

如果他试图用纳博科夫的措辞、句法或心理学方法做到这一点，他将注定失败。

5 请勿模仿：邪魅而自恋的伯爵

……我所问的是何物
你愿为创造美而献出？
我怕自己开始尖叫，惹人厌恶
昆虫从我的口中涌出。我怕
我会追上死亡的脚步。

——迪恩·杨，《一个故事》(*One Story*)

纳博科夫在我脑中变幻出的境界太过迷人，以至于我每次阅读他的文字，都仿佛故地重游。我把书页折起，抬起头，便觉得眼前的色彩变得更加明丽，棱角也更加分明。我在本来肮脏的街道上瞥见的垃圾——剪过的车票存根或者粘着口红的香烟嘴——此时都成为某种奇境的纪念品，而那种境界在我抬起头的一瞬间，已然消逝。世界变成了一所魔法学院，或者更像是纪念品收藏大师约瑟夫·康奈尔创造的神秘艺术盒子。而每一次当你重读的时候，都会在奇妙装置的作用下体验到知觉的形变。这正如菲利普·拉金将诗歌比作老虎机的隐喻一样，你把一便士的注意力投入币孔，拉下把手，就会有一种感觉随之而来。和我的学生们一样，我也曾试图模仿过纳博科夫神秘的舞步，结果却显得笨拙而愚蠢——就像一个壮实而多毛的伪娘穿上了粉色的紧身芭蕾裙，试图扮成美女一样，不堪入目。

纳博科夫的《说吧，记忆》我在课堂上至少已经讲解过十余次了，可它在我的眼中至今仍然是一个谜。要想把纳博科夫的天赋分类编目，那得需要一座图书馆的空间才够，而在讨论回忆录的一本书中，如果不重点处理《说吧，记忆》，那简直如同独立日不放烟火一样滑稽。

从一个天赋更平凡的作家视角出发，《说吧，记忆》遗漏了很多一般读者容易感同身受的东西。然而我们在书页间漫步时，却充满惊佩，而在结尾处又会如同流放者一样怅然若失。

最近，我从极度的挫败感中出发，开始梳理这本书中欠缺的东西。让我惊讶不已的是，它所缺失的竟然是书与作者之间的深度联系，而这正是其他绝大多数伟大的回忆录吸引我的地方。《说吧，记忆》中没有长线的个人化的戏剧故事，也就是我们在正常的情节设计中常见的那种。书中没有对话，有零星的事例或逸事，但占用了很小的篇幅。你和作者的思维过程如此亲近，却不觉得他和你在喜好上有任何共通之处。流动的文字令人意醉神迷，难以抗拒，可你在其中又找不到任何属于自己的经验。他通过极致的淬炼，把自己从我们大多数人生活的平庸之中解放出来。小说家珍妮·奥菲尔称他为“一只艺术怪兽”：“纳博科夫甚至都不会收自己的雨伞。他的妻子代他舔湿他自己要贴的邮票。”

你在《说吧，记忆》中认识的这个生物，珍稀到可以放入动物园去供人观赏。他并不仅仅是更加聪明，而且还不知为何比我们大多数人都更加柔弱，看起来又不像是装出来的。你憎恶他身上这一点，就如同憎恶一只瞪羚的优雅身姿。他听起来并没有一本正经地把自己描绘成一个具有良好教养的联觉者，可以听到颜色、看见音乐，也没有养成多语者虚荣的说话方式，把自己说的话翻过来掉过去地译成不同的语言。他就是你心目中镀金时代的艺术贵族，是最标准的一个典型。

这是他的天赋所创造的奇迹。在他对这本书的设计中，最突出的是他自己看待世界的非凡方式。这种视角会包围你的头脑，让你永远也不可能真正逃离他那散发着十分奇异的珠光宝气的脑袋，在书中的语境中，和他保持着相同的价值判断。但这却丝毫不会影响你在其他类型的作家身上也找到自己爱慕的地方。

事实上，如果你排除掉纳博科夫笔下魔幻气氛的影响，列出他对自己人际关系的一些交代，就会发现他在我们正常人的标准里，连半个体面的人都算不上。如果我们不是那么爱他，也许见到他只会退避三舍。他的贵族式社交风格和情感怪癖——要是没有他引诱我们进入的那片令人陶醉的境界——在最好的情况下，也会被称作纨绔子弟习气，而在最坏的情况下，则会被视为恶毒的反人类性格。

这本书是一番对于美、时间和失去的迷人冥想，背景置于撒满仙尘的内心。它还是一次呼唤已逝父母的渴望与呐喊，也是庆颂妻子和儿子的喜悦狂歌。纳博科夫是 20 世纪初生活在沙皇俄国的富家子弟，他毫不羞愧地表达了自己对帝国时代奢华诱惑的怀恋，带领我们在纸页间游览那些迷人的房间。他为我们展示了哲学和超凡的时刻。他跳跃着，拽着我们跟着他一起穿越世纪，而我们跟在他的身后，对他的优越地位没有丝毫艳羡。我们只是很高兴能与天鹅绒礼服擦肩而过。

在他的生命中，没有任何陈腐平庸之物。他从不会感觉厌倦或烦恼。他的双亲都是雍容可爱之人，绝不会做出卑琐或庸俗的举动，他们都“像太阳一样光芒四射”。他的母亲身穿点缀着蔷薇色暗影的白衣，赐予他甘饴的建议：用你全部的灵魂去爱，将其余一切交由命运主宰。他的父亲在骑兵卫队制服的映衬下，英姿飒爽，“光华的金色胸甲高高鼓起，熔铸在他的胸前和背后”。简直是神话里闪耀着光辉的国王。纳博科夫如此写作，依然能够侥幸成功，是因为他让我们爱上了他那贵族的心景。

在纳博科夫所有的天赋中，最先魅惑到我的，是他把握感官体验的天资——这里所谓的感官（再次申明）并非单指性欲，而是代表一种生理属性。他能够将一种物理客体点燃，经过知觉机器的过滤，将其转化成一种遗迹，令其迸发出火星一般的诗意联想。他全部的童年，似乎都投身于从记忆中狼吞虎咽地汲取尽可能多的美，并赶在美于他的记忆中化为灰烬前，将失落的帝国锻造成艺术。他以隐喻的方式，赋予这些客体以别致的意义，令其融入全书的主旨：为了完成对已逝之爱的表达，他必须在品位上足够复杂丰满，可以在时间的隧道里前后自由地穿梭，好找到那潜藏在深处的法阵，唤回在尘世已遭磨灭的往昔。他所有的努力，本来就是一场以生死为赌注的抢救手术，而“方案”① ——如果真的存在——便是为自己全力研磨出足够精细的感觉，好以此拯救他声称自己降生其中的“感性的伊甸园”。

如果交付到别的作家手中，将绵长的篇幅聚焦于一个客体之上，那么读起来不是感觉立体，就是显得过分浮夸。但在纳博科夫这里，每一个客体都蕴藏着丰沛的言外之意，广涉意识形态、道德与心灵，并缝入了全书的核心主调。

因此，令他流连不忘的客体，不仅仅是古董行里华而不实的旧货；他在其中灌注了情绪价值、象征重量和哲学回响。从一开始，他就在训练你，要像占星师一般展开阅读。

当他还是一个睡在婴儿床里的孩子时，曾用睡衣给自己搭起了一项帐篷，“雪白的亚麻遮阴凉棚”。对我而言，那张小婴儿床仿佛在等待我到里面翻腾、打滚。他在小床里把玩的是他母亲的饰物——戒指、头冠和其他东西：

> （一只）漂亮而令人愉快的实心暗色石榴石水晶蛋，是某次早被遗忘的复活节上留下的遗物；我过去常常会反复咀嚼床单的一角，直到它湿透为止，然后用它把蛋紧紧包住，裹住的表面透出温暖的红润光泽，我欣赏着，舔舐着。它渗透而出，映着不可思议的完整的光和颜色。

用“不可思议的完整”这样的短语精描细写一件客体的珠光色调，在稍微差一点的作家笔下都显得造作浮夸。但是在纳博科夫这里，他对那颗蛋超乎常态的痴迷，传达着他对于华美的真实的感官热

---

① 双关语，以抢救方案比喻纳博科夫写作的方案。

爱，并赋予了客体一种心理力量。他将自己的吸吮形容为“是我距离以美为食最近之处”。

于是，那颗蛋便成为冷硬的“食物”，滋养着诗意的心灵。而诗心，正是纳博科夫崇拜的祭坛。这颗假蛋充满了母性的原初力量，在它的红光中守护着诞生的承诺——而他，这位未来的艺术家，正在向它汲取营养。这便是婴儿纳博科夫，天生的审美家，在他神秘而光耀的神祇——永恒之美——的面前觉醒。那颗石榴石水晶蛋是冰冷而坚不可摧的，却阴差阳错地成了他的母乳。

这段早早出现的描写帮读者在心里建立起对书中客体的诗意共鸣，让读者意识到，这些客体是作品内在挣扎的成分。对美的贪噬不仅仅是一个核心主旨，更是一种生存方式。

正因如此，他才能用整整一章的篇幅专述一次捕捉蝴蝶的经历，而对他的父亲在流放途中的事件却一带而过。然而，在作家的账本中，这两件事没有表现出任何失衡之处。本来，教会他拿着兜网潜入田野的，正是他的父亲。因此，在某种意义上，那折叠如纸片的昆虫，其实正是父亲的遗物，那短暂盛开的飞舞的花朵，成为神圣父性的象征，印刻着他腰间的弯刀和匣中备以决斗的手枪。

俄国革命全方位地摧毁了纳博科夫的家庭，但整个革命在书中仅仅是他优雅表演的背景音乐。要想把他所失之爱从时间的蹂躏中拯救回来，他需要一双热忱而敏锐的眼睛，更加热忱而敏锐的品位，以及最最热忱而敏锐的哲学思维。他难以从外部控制时间而令一切重新来过，这种无能为力的感觉成为他内在的敌人。在一部伟大的回忆录中，作家为自我而挣扎的某个方面，常常会成为组织全书的原则，而叙述者为了追求完成自我而发动的战役，则将蔓延至作品的整条轨迹之上。于是，成为爱与哲学的斗牛士，使得纳博科夫可以在书中让自己的双亲“复活”。如此理解，则培育他自己的美学感觉，便成为生死攸关的大事，而远非虚浮的孤高自赏。

纳博科夫的非凡技巧，有一部分在其口音中展现得淋漓尽致——也就是把哲学的观念译成生理性或肉体性的隐喻，这将他与巴别尔和巴图曼区分开来。他总能想办法把观念融入令人难忘的意象之中。如果是我，也许会相当乏味地直陈一句："整个世界与一段记忆相比，简直太小了。"但纳博科夫不会这么说。他会在这个观点中注入感情，用一个连我们也会觉得美妙非凡的意象，幻化出一个胜境，并通过句法的运用，让每一句话都刻骨铭心。

> 宇宙多么渺小（一只袋鼠的育儿袋便能将其容下），多么无足轻重而又微不足道，哪比得上人类的意识、个体的回忆和文字的表达！

和每一位写作大师一样，他也找到了做最擅长之事的"诀窍"：精心架构口音，把自己的天赋置于台前。

学生们都很热衷于尝试模仿纳博科夫，也从中学到了很多道理——最主要的道理，还是明白了为什么不该模仿一个构造和你完全不同的人。妄图成为纳博科夫的人，不会把自己搞成臭狗屎，他们会成为自命不凡的臭狗屎。一位作家想找到自己最好的口音，一定要拥抱他自己的"你性"——就是被我称之为天赋的东西，它在口音中才能得到最恰如其分的表达。

这把我带回了架构口音最基本的一个板块：措辞。纳博科夫的措辞过于绚丽华美，对我们大多数人来说都不适用。对于绝大多数的作家，我们最好还是运用简单一点的词汇——越短越好，最常见的应该是你整天都在使用的那些单音节词。除非你像我的朋友布鲁克斯·哈克斯顿一样（通晓希腊语、拉丁语、法语、希伯来语和德语），否则，使用高端单词只会让你看上去像个"二货"。所以你写"干"（fuck）就比写"交媾"（copulate）好得多——前一个词源自日耳曼语，后一个则出自拉丁语系。这里倒没有什么固定的规矩，但日耳曼的词总被认为更加“低端”一点。这是在街头巷尾、孩提时代和中下贫民阶层流通的词汇。而另一种词汇则常常被视为更“高端”——是科学和外交用语。在法国，真的存在这样一个学术委员会，专门负责把过于低贱（日耳曼）或腐朽（拉丁）的单词清除出他们精挑细选的词典。

纳博科夫的句子动辄达到数行乃至数页之长，他那些富丽堂皇的辞藻，从他接受的多语种教育和清高的身世中自然萌生。

他在书中陈明的心中期望，是逃离时间的捆绑，因为时间终将根除他在努力守护的一切过往——我们有时会觉得他根本无法相信，自己的意念不能改变事实。于是，摆脱时序的控制，和他对美的不懈求索一样，成为了驱动这本书的发动机的一部分，几乎可以行使情节的功能。他在开篇便提出了这一话题：

> 摇篮在一道深渊上晃动，而常识告诉我们，我们的存在只是一道短暂的光明的裂缝，两边是无尽的黑暗……我反抗事物的这种状态。我感受到了一种冲动，要把我的反抗精神释放出来。

整本书从头至尾都在讲述他如何被“时间之墙把我和我青肿的拳头与一个没有时间的自由世界分割开来”。后来他写道：“最初，我并没有察觉到，初看之下无边无际的时间，竟然是一所监狱。”

帮我们为时间合上顶盖的，自然是死亡。纳博科夫热爱“并置”——在完全不同的地方寻找到匹配的图案，然后把它们像蝴蝶翅膀一样组装在一起。开启全书的摇篮，在第一章的末尾变成了一具棺材，据说属于他的父亲。

他在为这一章作结的棺材上使用了一系列长句，展开能有一码长，从小纳博科夫童年时代在餐桌上的位置讲起。他看着自己伟岸的父亲上演他所谓的“悬浮的神奇事迹”，村民们将他抛上空中三次，口中呼喊着“伟大的舍弃”——这是他们感激地主赐予某种恩惠的方式。他飞起来，悬在空中，透过窗子看起来仿佛魔术一般。接下来的隐喻，将带我们走过一段相当漫长的旅程。

继而在他最后也是最高的高度，他会斜卧着，仿佛将永远如此，衬着夏日正午的钴蓝色，像一座教堂穹顶上那些静静飞翔的极乐人物中的一员。他们的衣衫上有那么多褶皱，而下面，一支接一支，蜡烛在凡人的手中点亮，在一片焚香缭雾中，连追成一群星星火焰，而牧师为永恒的安眠吟唱，葬礼的百合花在游动的光线里遮住了躺在敞开的灵柩中的无论是何人的面庞。

埃兹拉·庞德曾说，诗中的韵律“在时间中切割出形状”。纳博科夫在这一章中切成的形状——开篇的摇篮、结尾的灵柩——在读者的脑中留下了一记小小令人满足的合拍。它让你得到满足的方式，正与音乐中的重奏和变奏相同。

话说回来，我并没有天真到以为所有的读者都能在人类的两具“容器”之间建立起自觉的联系，纳博科夫称其为“船首和船尾”，即婴孩与尸体。但我自己对诗歌的信仰已经同时浸入无意识和记忆之中。它使我坚信，哪怕是神经最不敏感的读者，在第一章结尾遇见棺材这一意象时，也会感受到一种由潜在秩序带来的亲切和甜美。我对诗有足够的迷恋，相信它能够像巫毒术一样，在读者全神警醒的情况下依然能发挥效用。当纳博科夫撷取一时之场景，将其与另一场景缝接的时刻，他会让你像巴甫洛夫的狗一样，垂涎欲滴。

于是，寻找这些“合拍”或并置的瞬间，便成为你阅读时所猎之物，因此也提供了阅读的动力。从很早的部分开始，每次从时间中逃离，都暗示这种对重返过去的渴望和不留退路的攀爬。所以，当他从一个时代起航，开始偏离航线的时候，我们却很乐意与纳博科夫一起，飞向另一个纪元——它成为一种向前的运动，而不再是偏斜的绕路。

> 我承认我不信任时间。我喜欢在用过我的魔毯后把它叠起来，把图案的一部分盖在另一部分之上。让来访者迷路吧。抽离时间的最大乐趣……出现在我置身于罕见的蝴蝶和它们所食之物中间之际。这是一种狂醉，而狂醉之后，还有难以形容的他物。那就像一片转瞬而逝的真空，吸入了我所爱的一切。是一种与太阳和石头合一的感觉。

“与太阳和石头合一”听起来并非不像上帝。而从他抽离时间的状态来看，他（就是）可以复生所失之物的上帝。

再举一个并置的例子。在书中的某处，他描述了自己少年时代与俄军远东司令库罗帕特金将军的偶遇。将军在长椅上为小弗拉德米尔用10根火柴排列成一条风平浪静的海面。当将军把每一对火柴斜过来后，它们看起来就像折线的波浪，而那个图案就代表了一片暴风雨中的大海。十五年后，纳博科夫的爸爸在跨越南俄罗斯逃离布尔什维克的途中，遇到了一位穿着羊皮外套、看起来像个农民的人向他借火。自然，这正是那位老将军。他正在寻觅一根火柴。两个并置的时刻碰撞到一起，揭示出一个伟大的真相——权力的坠落，正如火柴的燃尽耗竭。

而将军本人，只是这个图案中的一枚棋子罢了。他并不是作者想让我们投以关注的人物。“我希望老库罗帕特金在他朴素的伪装下，设法逃过了苏维埃的监狱，**但这一点并不重要。**”(强调部分为笔者所加。)

换句话说，这个人是死是活，对作者而言都远不如他自己的诗意联想更有意义。

> 使我满意的，是火柴主题的进展：库罗帕特金展示给我的神奇火柴无人留意，不知被丢到了哪个角落，而他的军队也已经被消灭，一切都成了泡影，和我的玩具火车一模一样……**我想**，

追索这样的贯穿一个人一生的主题，才是自传的真正目的。（强调部分为笔者所加。）

将军作为一个可怜的人，被纳博科夫视若无物。他不愿意多说一句话对他表示一点关切，这在其他作家的书中会显得相当令人厌憎，尤其是当书中作者的热肠和良心出于他天赋的核心时，更是如此——比如安吉罗或者麦考特。但纳博科夫的所爱之人，除了在接受他的赞扬时之外，面目都是完全模糊的。他最浓墨重彩的笔墨，都倾向于用来刻画他所鄙夷之人，这与我们对大多数作家的期待大相径庭。我们基本上都更喜欢这些作家听起来“公平”一点。托拜厄斯·沃尔夫在《这男孩的一生》中，曾用充满挑衅的语气讥刺他暴虐的第一任继父：“（他）曾说，我不知道的事足够写成一本书。好吧，这就是那一本了。”但这是另一码事。如果沃尔夫也像纳博科夫描绘他家中下人那样，画出一幅丑怪的肖像，那么我们或许就会觉得他不是那么好的叙事者了。纳博科夫是如此描绘他们家神经衰弱的女管家“小姐”的：

> 她的手令人不快，因为她手上紧绷的皮肤上布满了棕色的瘀瘢，发出像蛤蟆一样的光泽……我想到了她的手。她削铅笔的技法更像是在剥铅笔，笔尖指向她裹在绿色羊绒里硕大而不育的胸脯。还有她把小手指伸进一只耳朵，十分快速地振动的样子……她的嘴微微张开，总是带着一点喘息，发出一连串快速的哮喘式的喷气。

在青少年电影中，任何人物只要表现出哪怕是上述特质中的一种，都将注定在两个小时里遭尽高中诸般的残酷。以往我们仅从这幅肖像还不能对她做出尖刻的判断，纳博科夫不忘点出，她是一个没有灵魂的生物——残忍。

但我们并不会因此对他唯恐避之不及，因为他创造出了一个语境，在这个语境里，他这样做是正当而合理的。如果让他伪装出对她的同情，或者摆出和正常人类一样的姿态，那就会显得过于逢迎了。对诗意主题的追随，可以成为他的目标，因为那才是他另类的心理、性格和情感方言与曲度的本质。我们几乎没有人能拥有如此依附于深层情感地带的哲学本性，也绝少有人具备适合这种图案绘制和主题探险的柔弱和敏感。（也许写《女勇士》的汤亭亭可以。）

纳博科夫并不冷酷——没有几本书比他的这本更加热情洋溢了。在吊唁家人时，他能让你潸然泪下："在我童年的安全幻觉中，我最爱的（那些生命），如今已化为灰烬，或者被子弹射穿了心脏。"他对自己所爱之人感情的迸发，在书中零星可见，但爱更经常以一种相对古怪的抽象形式得以显现。可绝大多数作家都掌握不了这种表达方式。

> 每当我想起我对一个人的爱，我惯于直接从我的爱——从我的心，从一个人私人性的温柔内核——画出一条线，连接到宇宙中遥远得令人难以置信的一点。有某样东西在驱使我把自己爱的意识同不可想象也不可计算的东西进行比量，比如星群的运动。

当我们想到自己对一个人的爱的时候，大多数人都会想到真实的那个（人）。所以，一个正常的作家，如果在他的回忆录中漂移到这样一种隐喻之上，听起来就会像是在借用文学的卖弄，避重就轻。但因为纳博科夫的思想总是自然地流向隐喻的方向，他已经驯服了我们，让我们学会将这些偏行远足作为与作者生存拴连在一起的情绪事件，来展开阅读。

他花在与诗相爱上的时间，远远超过他爱自己的两个哥哥的时间。然而我们很少能注意到，他对一个哥哥[①]的完全忽视，和对另一

---

① 在《说吧，记忆》的索引中，这位哥哥的名字显示为基里尔·纳博科夫，而在《说吧，记忆》中也并非完全没有提及。

个哥哥谢尔盖的寥寥提及。根据弗拉德米尔在少年日记中读到的内容推测，谢尔盖可能是个同性恋，而他曾相当残忍地把哥哥的日记递给一位家庭教师过目。两兄弟年纪仅相差十个月，弗拉德米尔承认自己在小时候是“受宠的那一个”，并“有点横行霸道”。我们要把这种情况作为我们开始定居其中的宇宙的一部分接受下来：“（谢尔盖）在我丰厚的回忆中，仅仅是背景里的一道阴影。”两兄弟在剑桥有过交集。在那里，谢尔盖只被视为一个糟糕的网球手，不受人待见；在巴黎，他有时会“过来串门，聊聊天”。纳博科夫在战争期间和他断了联系——这对于作家来说怎么可能不是一件大事呢？我深表怀疑。他后来听说谢尔盖死在了集中营里。纳博科夫对于这位哥哥在书中的缺席，只给出了一句模糊的勉强的解释：“出于某种原因，我发现谈论我的哥哥异乎寻常地艰难。”然后，读者便同纳博科夫表面看上去那样，浮光掠影地跳过了这个男人的尸体；继续向前，我们又来到下一个奢华的场面。

以上所云种种虽然不假，但是当纳博科夫拿起对于其他作家更常见的写作手法时，他照样能够催下我的眼泪。每每翻到那特定的几页，泪水就会像拧开了阀门一样涌出。对感伤畏若死神的学生们有必要好好研习纳博科夫，他证明了，感伤仅仅是你未向读者证明的情绪——没有生动证据的情绪。在纳博科夫那里，记忆自成一个国度，而其挟带着渴望的温柔回想，因为来自于一个能做到如此冷酷的说话者，也许反而会让我们更加感动。

> 我又一次见到了我在维拉的读书室，墙纸上的蓝色玫瑰和打开的窗子。它的倒影填满了皮躺椅上方的镜子，我舅舅就坐在那里，自得其乐地翻看着一本破烂的旧书。一种安全感、舒适感和夏日的温暖浸透了我的记忆。那生机勃勃的现实构成了当下的幽灵。镜子洋溢着光明：一只野蜂闯进房间，在天花板上乱撞。万

物各得其所，一切永不改变，没有人将会死亡。

上面的这一段，展示了时间中一个奇异的瞬间，如何能够在记忆里经久犹存，并在几十年后重现其身。作者为读者制造出那种特别的安全感作为初始，由此开始了颤抖、倾覆，直到最后一句话的荒凉与凄绝："没有人将会死亡。"

当然，有很多这样更平常的时刻，在《说吧，记忆》中不平常地出现，但纳博科夫最主要的工作，还是把一切建构起来，发挥他独特的强项——并置、隐喻、超越时间的诗意瞬间以及感官飨宴。他拥有发挥自己天赋的天赋。他早早地为我们设下圈套，将情感价值寄托在他的能力之上。一旦我们理解了他的处理过程，便可以观看着他像一只兔子那样活蹦乱跳，在长长的描述中前冲后突。他充满了情绪的重量，并相当活跃地把情绪表达出来，这在其他作品中则会显得反复无常或者虚荣空泛。他思想的过程成为这本书的价值所在，如诗一般，将形式许给意义：这是一个文学的奇迹。

6 神圣的感官性

我认为最最神圣的东西是人的身体。

——安东·契诃夫，1888 年 5 月

每一位写作教师都在整天喋喋不休地强调着“要展示，不要叙述”这一法则，因为它真的灵验有效。而感官性正是这一法则的根本基础。当我说到感官性，是指你能不能通过五感来把握它。在书写一个场景时，你必须帮助读者启动嗅觉、味觉和触觉，还有意象和噪音。一位作者的秉性越感官化，他就越擅长于展示，而根据感官的不同，还有子分类。一个优秀的贪食者，能唤起黑麦五香牛肉的咸咸的味道；性瘾者特别擅长安抚肉体；而拥有美术之眼的人则能将美转化为视觉呈现，等等。每一位回忆录作家都应该充满曾经涌入体内的生理经验——蒜香秋葵的气味，你的手放在动物皮毛上的感受，海洋的磷光将水下的尸体衬成酸绿色的映像。在回忆录所有的五个元素中，感官性是最主要、最不可或缺的一个——而且对于我这个老师而言尤其幸运的是——也是最容易掌握的一个。

在我还是个孩子的时候，我在得克萨斯州做石油工人的爸爸最早让我意识到了讲故事的人对物理证据的依赖性。当时，他给我讲了一个贩卖假酒给城里小伙子们的故事。他的哥哥驾着一辆 T 型福特飞奔，爸爸就挂在跑板上，结果一个追逐者从身后把爸爸的裤子扯了下来。

傻子才信，我说。你是从《兔八哥》里看到的。

“你不相信我?”我真的不信。“那件事发生的时候，我就穿着身上这件 T 恤。”

我的嘴巴不由自主地张开了。

除了这件衬衫，我爸爸还从他的过去随意打捞过很多物件，作为他讲的故事的物证强塞给我，而我在很长一段时间里，都对基于这些物理客体的故事深信不疑，这可真够悲哀的。这些客体成为图腾一样的证据，把大话升华为现实。

成熟练达的感官书写，意味着选择如物品、气味、声音等感官数据，并基于它们对读者产生的心理效应，复现细节。一个优秀的细节会显得醒目而别致，自证着它的真实性，让读者容易接受。而最好的细节，则蕴有额外的诗意。通过某种神奇的方式，一个空间内某一丁点的细节能够激活整个场景中其他的部分，正如康罗伊对悠悠球的数页描写，立时激活了他身体肌肉运动的感觉。

伟大的作家在世界中调取图腾式的客体，并呈现在纸面上。在任何一种文类里，这都是关键之钥。

剧作家和短篇小说天才安东·契诃夫可以在一件物品的皮下，注射入如此之多的肖像元素，关注如此之多的意义，以至于他在呈现一件物品时，几乎就能还原一个完整的人物性格。在他的代表作《带小狗的女人》（*Lady with a Dog*）中，一个登徒浪子在夏日酒店里色诱了一个虔诚的年轻妻子。几周之后，当她事后在床上啜泣时，他切下了一片西瓜。这只惨遭屠宰的水果，在此并非代表着被毁掉的女人，而是代表着当女人的抽泣声越来越大时，男人仍然有胃口吃西瓜的冷酷。最早的自白诗人之一，罗伯特·洛威尔，在描述他母亲紧张的心理状态时，称她的爪形足家具有“一种踮着脚尖的气息”，由此将冷酷的新教徒氛围塑造成一种具体的人格。

第一位用这种精确性将我吸引入她的身体世界的回忆录作家，大概要算是写作《我知道笼中鸟为何歌唱》（*I Know Why the Caged Bird Sings*）时的玛雅·安吉罗了。复活节，站在教堂会众面前的孩子安吉罗忘记了自己的台词。她感觉自己被困在了一条饰有熏衣草花的塔夫绸长裙里面，可她之前却曾幻想过这条裙子能把她变成一个“甜美的白人小姑娘，在每个人的梦想里，她都是这个世界真正想要的样子”。这个备受疼爱的白人女孩形象，和自己的身体事实有天差地别，这把她或许还残留的一点点自信全部击垮了。（这有一部分构成了我稍后将详谈的内部敌人。）她无地自容，脸憋得通红，拼命地去回忆，可就在同时，那条二手长裙的丝绸绕着她沙沙作响，听起来就好像“灵柩车背面的绉纱纸”。这一绝妙的声音隐喻，唤起了灵柩马车的时空体验，在如流水般飘动的织布上悬流而下。安吉罗在那个初始场景中的每一条短语，几乎都具备一种肌肉运动的元素，这让我们得以进驻女孩的身体之中，披上她身着的耻辱。

以阳光入境，安吉罗将我们置于一个只有她才能讲述的时空：

> 但复活节清晨的阳光照亮了裙子，那原来是一条平常的丑陋的二手货，是一个白种女人穿过不要的，而且以前是紫色的。它不仅旧，而且太短，盖不住我瘦削的双腿。我的腿上油油地涂着一层蓝色印章凡士林，还撒上了阿肯色州的红黏土。那裙子旧得掉了色，让我的皮肤显得脏脏的。

她使用的组合式形容词——以前是紫色的、旧得掉了色——捕捉到了南部怨语的语言特性。（在我老家得克萨斯州东部的街坊邻里，“你这没奶养的”是真正四处乱飞的脏话。）她骨瘦如柴的双腿被凡士林和红黏土覆盖，这是我从她那里才第一次听说的南部黑人用来替代长筒袜的打扮，这一细节独属于她的时代。没有任何一个细节是盗用的。济慈曾形容说，隐喻像树叶一样，从一棵树上萌生，而这里的细节正是如此。

同时，安吉罗的描写从来没有像她的软焦点梦影结束语一样，发生过任何的弱化。因此，她后来变成了一个体型过大的女孩，头发“乱蓬蓬的，十分古怪”，还长着一双斗鸡眼。她成为了一个“被迫去吃猪尾巴和猪鼻子”的女孩。另外，她还有一双宽大的脚掌，而“她牙间的空隙，能插入一根二号铅笔”——这个牙缝甚至召唤出了一个孩子拿铅笔去试探的举动。

想想所有那些安吉罗能用却没有用的糟糕的感官滥调（除了“起卷的”[①] 这个词，她曾用过一次），你就能体会到她将身体置于场景之中并赋予其鲜活生机的天赋。

很奇怪，读者们就是“相信”通过明确的物体表达的东西。我有一次听到一位读者说：“当你提起那罐旧的鲍勃洗面奶的时候，我就知道你在讲实实在在的真话。”在初中和我玩过接吻游戏的一个男生，发现我三十多年后还记得他那件正面绣着一只小海马的红衬衫时，震惊得不行。“你要是还记得这个，那你简直就是个女巫了。”他说。

我重申，在高度清醒的时刻，注意力会集中起来；这些状态下产生的感觉记忆有时候在回忆中比其他的记忆保持得更加鲜明。任何一个肾上腺素飙升、皮质醇大量分泌的个体——就如安吉罗在教堂上受到惊吓时一样——都会刻下一些比平时更强烈的感觉印象。回到前面提到的接吻游戏，我至今犹能分明地体味到自己投入那个男生的手臂中时的感受，因为我对他早已默默迷恋了很久。现在，将近四十年过去了，我还是能闻到他口中蜜果口香糖的味道。我当时抬起了双手，差点儿就把他推得离我没那么近了，而我的指尖正是在那时，印上了小海马的轮廓。

当然，物理细节不论多么有说服力，其实对于验证真相而言都是毫无帮助的。显然，我有可能记错了所有的事情。也许当时和我接吻的男生嚼的是“火箭炮乔”或者“大大泡泡糖”，谁知道呢。但我认为，在这种情况下，具体的特殊记忆即使是错的，也可以接受。因为，读者能够理解记忆的局限性，并容忍它们的存在。

非感官性的人想成为令人难忘的讲述者，也许不得不多费些力气才行。我们都是先从轻描淡写一个人物的外观开始——头发、眼睛、

① 原文为 nappy，是专门描述黑人头发的一个形容词。

体重，像一张驾照一样——但是一个想法不那么精致的作者，也许就不会在纸上再次写到那个人的物理外观了。仿佛那样一个泛泛的记忆剪影，就足以留下不灭的印象。（从小时候起，我就相当敏感、焦虑且高度地警觉，总是像在用一只放大镜研究他人。其他人几乎很难察觉到的刺激，到我这里都会变得异常明显。）

当你读完一本好的回忆录，合上封面的时候，总应该有一种挥之不去的空间感，而你也许会再一次打开一道通往另一国度的大门。拥有清晰记忆的人，只要经过练习，都能还算像样地描述事情。希拉里·曼特尔将她对自己回忆的信心归结于它们栩栩如生的物理性：“虽然我的早期记忆有点拼拼凑凑，但我认为它并不是虚构的，或者至少不完全是。我之所以有此信念，是因为它们都拥有一种势不可当的感官力量；它们完整地出现，而不像是那些被照片愚弄的主体，要通过摸索和概括形成想象。当我说‘我尝到’的时候，我正在品尝；当我说‘我听见’的时候，我正在聆听。我所说的不是普鲁斯特式的抓拍，而是普鲁斯特式的电影胶片。”

和曼特尔一样，最鲜明的记忆常常带给我一种诡异得发毛的感觉，仿佛正在透过从前的眼睛，直视几十年前业已消逝的景观。过去的自我回来了，配着从前的脸庞。每当这种变化在我的体内发生，就好像我几乎只要把眼中所见如实地抄录下来就可以了。

让我们在两位大师级作家之间进行一次对比——一位正处于非感官性的瞬间，而另一位则处于感官性的一刻。罗伯特·格雷夫斯在1929年的《告别往事》中有一段文字，虽然是很好的散文，但并没有展示出第一次世界大战后他的心理状态，而只是对我们叙述出了：“我的心理和精神仍旧处于战时的戒备状态。夜里总有弹壳在我的床上爆炸，即使南茜和我睡在一起也没用；白天遇见的陌生人会让我想起自己被杀害的同伴们的面目……我不能使用电话，每次坐火车旅行都会感觉恶心难受，而且在同一天里见到两个不常见的人，就会让我睡不着觉。”①

不要误会我对格雷夫斯的看法：他是一位极具感官性的作家，而且他描写堑壕中战事的场景，总能让读者拧紧胃肠。但此处援引的几句话，却更接近语义记忆的性质，而非情景记忆——是被讲述的记忆，而非经历的记忆。这里没有场景，而是把很多场景浓缩到短句里。他告诉你他病了，但是他本人并没有在那个生病的身体之中。此处唯一的感觉记忆，是床上爆炸的弹壳——足够严重，但并没有加以详说。因为这些幽灵的面孔是复数的，所以对于我们而言，远没有那么生动。（再补充一句，他也看到过很多“单数形式的幽灵”——我在此只是为了阐释一个观点而截取片面的例证。）

将这一段文字同麦克尔·赫尔在《越战亲历记》中描写自己“噩念”的生理细节进行对比，可以看出鲜明反差。麦克尔·赫尔将这种“噩念”比作一场古老而心酸的旅行：

> 某些特定的摇滚音乐里，总是混杂着急速的扫射声和人们的尖叫。又一次，我在西贡吃牛排时，面对着牛肉产生了恶心的联想，想起前一年冬天在顺化看到的腐烂和烧焦的人肉。最糟糕的是，你会看到那些在救助站和直升机上曾亲眼目睹着死去的人在你的面前走来走去。在洲际酒店阳台上独自坐在桌边的男孩，长着大大的喉结，戴着金丝边眼镜，正是两周前死去的陆战队队员，看上去要比死前更加漫不经心。

赫尔起初险些晕倒，然后重新看了一次，才注意到那个独坐的男孩并不是一个鬼魂。这次闪回体验似乎是由气味触发的，即“恶心的

① 格雷夫斯还提到，折磨他超过十年的闪回，全部来自他在法国的头四个月。他写道：“那些记录情绪的‘仪器’似乎在洛斯战役以后就失灵了。”他的记忆有点被灌满了，不再存储经过他眼前的新事物。——作者注

肉的联想”和“腐烂和烧焦”。

与格雷夫斯的闪回中复数的“失去的同伴”不同，赫尔看到了一个具体的幽灵，是一名海军陆战队员，“长着大大的喉结，戴着金丝边眼镜。”赫尔接下来继续描写了他的应激反应，用的同样是让我们作为读者可以投入其中的方式：“我的呼吸卡在喉咙上，脸色又冷又白，摇摆，摇摆，摇摆。”（这里的“摇摆，摇摆，摇摆”是某种摇滚语言，在《越战亲历记》一书中作为助燃口音的燃料，将读者从悲悯之情中扯开。他巧妙地运用了歌词和黑色幽默，让悲悯之情在书中失去了效用。）

感官记忆当然并不非得是创伤性的。很简单的感觉，经过足够多的重复，也会根深蒂固地植入人心。我有一位学神经学的朋友，曾带着他上大学的女儿去宜家新开的连锁餐厅吃饭，这家新餐厅的前身，是当他女儿还在蹒跚学步时，他们每周六都会光顾的饭馆，只为了买上一块那里的南瓜饼。在新餐厅里，我的朋友只字未提新店与旧店的联系，只是默默地把一片自己的南瓜饼强塞给女儿。女儿刚咬了第一口，眼眶就湿了。她想起来了。她说出了老店的所有细节，还有他们买完南瓜饼之后去植物园的习惯。“但这不可能呀，”她说，“这个地方不是刚开业吗？”

你看过《机械战警》（*Robocop*）吗？彼得·威勒被铸入了某种金属驱壳之中，有电脑眼和无坚不摧的强壮双手。一位出色的感官型作家，创造出来的可不仅仅是个机械人，而是感觉得到呼吸和味道的阿凡达。读者能够爬入其中，戴上作家的双手，穿上作家的鞋子。读者会被你缝入你的皮肤之内。

7 如何选取细节

文字与生活的差别在于，生活中充满了缺乏组织的细节，却很少把我们引向它们，而文学则教会我们关注细节。文学让我们成为更好的生活的关注者，我们再将其用于生活本身的训练，于是我们又成为对文学中的细节的更好的关注者，这反过来又让我们成为更好的生活的阅读者。

——詹姆斯·伍德，《小说机杼》（*How Fiction Works*）

小时候，我应对自己家中危机的一个办法，是去欺负邻居家更小的孩子——米奇·海因兹。我也被别人欺负过，没错，但我能找补回来——这就是“不幸的经济秩序”的一部分，要从街区中年长的人手中传到年轻的人身上。在写《骗子俱乐部》时，我对自己的记忆详加拷问，提取出四个可能需要提供给读者的细节：

1. 我们一帮孩子怂恿他和一个邻家女孩一起钻进壁橱并脱掉了他的裤子，然后我们马上发现，他的妈妈已经匆匆完成了在商店的采购，回家来了。

2. 我还让他吃下了夹在三明治里的脏东西——不是泥巴就是狗屎，我已经记不清了。

3. 有一次，我请他玩捉迷藏，然后转身直接回家了，留他一个人找了一下午。

4. 我骗他吸卷在厕纸里的咖啡伴侣，把他的舌头烫出了一个大疱。

细节 1 几乎需要用一个完整的场景来呈现。我会花很长的时间用以讲述。另外，这个记忆主要是语义性质的——与其说是具体的意象，倒更像是一个想法。我并不信任它。这个故事可能只是街坊邻里口耳相传的一个传说。我从这个故事里得不到任何物理视像。

细节 2 听起来也像是我刚刚听到的一个故事。让别人吃掉某些糟糕的东西，在我的邻里是司空见惯的把戏——也许当时把脏东西吃下去的根本不是这个孩子。

细节 3 没有其他几个场景那么戏剧化。

但是细节 4，以及其中隐含的香烟，我在任何其他地方都没有听说过类似的事情。它牵引出一连串的物理细节：街对面的一个大伯，会用一只红色塑料锡纸卷筒卷他自己的烟丝，而我们从厨房的一个抽屉里把它偷了出来，顺手从橱柜里偷了一点咖啡伴侣。

这些具体的意象让我相信，我关于整个场景的记忆都切实地属于自己，而绝不是道听途说。烫伤舌头的感官体验，是任何嘬过滚烫咖啡的人都能切身体会的感觉。这里有一种亲切的“真实”，可以帮读者浸入场景——虽然小，但很特别。我还记得他给他母亲看烫坏了的舌头，而作为邻居的我们还听到他在卫生间被打屁股的声音——这一点也有相当特别之处，因为他妈妈在动手打之前，还要先“梳整一下他胖乎乎的小屁股”。这幅图景展现出我们建立在别人痛苦之上的变态性的集体狂欢。另外，偷听其他家庭的闹剧，也构成那本回忆录中的一个重要成分；最让容易担心的孩子所担心的事情，不是被人看到，而是被人偷听。

8 大忽悠、受骗者和谎话大王

我看到先知们撕下他们的假胡子
我看到骗子们投身加入鞭笞派
刽子手披上了羊皮
逃离人们的愤怒
吹响牧笛

——齐别根纽·赫伯特，《我看到》(*What I Saw*)

回忆录中的欺骗会让我如此恼羞成怒，大概是因为几年前我曾为自己最近的记忆里最大的文学骗子之一做了背书。虚构的大屠杀幸存者本杰明·威尔克米尔斯基回忆童年在奥斯维辛集中营的《片段》(*Fragments*) 一书的英文版在 1996 年前后面世，上面印着我的名字和赞语。但是布鲁诺·多瑟克（威尔克米尔斯基出生证上的名字）在战争时期是在瑞士舒适地度过的，而且他甚至不是犹太人。他给自己的心理医生发去了一些“记忆”的传真，有时候一次会发十页或者二十页，但是心理医生知道他的病人并不能真正区分想象和现实。“如果他把这部作品命名为‘从一个心理治疗师手中拿到的片段’，就不会有什么问题了。”菲利普·古里维奇在《纽约客》上的曝光文章《记忆之贼》，引用了这位心理医生的这么一句话。

现在看起来，这本书的造假性质似乎再明显不过了。威尔克米尔斯基如果真能经受住如他声称的那些折磨——文字记录历史上最惨无人道和野蛮的经历之一——他要么是个超人，要么是个橡皮做的人。他声称自己三岁时在被守卫吊起来时用牙齿咬伤了一名守卫的肱二头肌。且不说在马戏团之外很难找到有如此强大咬合力的下颚，那名守卫如果想把这个铁齿铜牙的小孩吊起来，一定要把胳膊倒举起来，把肱二头肌转向地面才行。而当身上压着赤裸的尸体，被传送带送回熔炉的时候，他感觉到有两只无形的手凭空出现，在千钧一发之际把他从熔炉里救了出来。所有这些险象环生的经历，他都记在了在他眼中像个犯狂犬病的吉娃娃的纳粹士兵的账上。

我的被自己扼杀在体内的一部分良知骑士早就知道它是假的，但我还是力挺这本书。为什么？难道是我被它在国际上引起的轰动反响和支持吓到了？现在想想，更大的压力其实来自于，万一它是真的，我将承受的那份罪恶感。那样的话，我可是否决了一个集中营幸存者亲眼目睹的事实。我就是没能让自己相信自己的直觉。

和我一样犯浑的不在少数。威尔克米尔斯基还在巴黎拿了大屠杀回忆录奖，又在纽约拿到了国家犹太图书奖，击败的对手是埃利·威赛尔和阿尔弗雷德·卡津。还有，和我一起出现在书封广告上的，是传记作家兼调查记者基塔·瑟伦利。她曾出席纽伦堡审判，并写成过也许是最权威的一本阿尔伯特·施佩尔传记。

时至今日，威尔克米尔斯基仍然对自己的故事坚信不疑，并不为物理证据所动摇。如果这个家伙曾经是有意地欺骗我们，那便如古里维奇所讲的那样，他是史上最差劲的欺骗者，留下了数不尽数的线索。威尔克米尔斯基看上去不像是一个有自觉意识的伪装者，倒像是一个精神错乱的人。

我在课堂上做过有关“大众的天真”的练习，其中最让人郁闷的一种，是我发给学生未署名的两篇文字，分别取自两本描写大屠杀的回忆录——一本是普利莫·莱维那本真实到残酷的《活在奥斯维辛》(*Survival at Auschwitz*)，另一本便是威尔克米尔斯基这本已被证伪的书。结果后者在真实性评估中，每次都会获得绝大多数的选票。

下面就是我那些绝顶聪明（有些是常春藤学校的毕业生）的研究生们给出的他们为何会对这一切信以为真的理由：

1. 他没有努力让自己看上去像个英雄。（我不同意：他让自己看起来像个受害者，对此有一种理解，即幸存者；而对此还有另一种理解，便是英雄。）

2. 他有什么理由说谎呢?(他似乎相信自己的谎言,他的心理医生和采访过他的菲利普·古里维奇都这么认为。)

3. 文字间有一种即时感;第一人称一般现在时显得他好像正在让故事重演。而莱维更为严整肃正的文字和审慎节制的情感,就没有这么强烈的效果。

4. 缺乏论述和修辞,令其显得没有投入过多的思考,因此减少了改编和欺骗的空间。

5. 写作风格比莱维更加口语化——对很多学生而言,不正式便等同于真实。

6. 它是碎片化的,像创伤性记忆或电影闪回一样。

7. 他加入了对话。在真正的幸存者莱维的笔下,对话贫乏。相比之下,威尔克米尔斯基则引用了漫长的对话。

8. 莱维使用了太多专有名词——他怎么可能都记得住呢?(我猜他就是很聪明,要么就是去查阅过了。)

9. 莱维的文字读起来太入流,或者说太不平凡了,让学生们觉得他在摆架子,于是他们对威尔克米尔斯基不正式的语言更加感冒。(他们对左翼的奥威尔也有同样的怨言——他听起来太高人一等了。)

10. 要是它真的是真的,而我们却不相信它,可怎么办才好!

2008 年,18 个学生里只有 3 个人觉得莱维更加可信;2012 年,21 个学生里也只有 3 个人认为莱维更可信。这告诉我,理性的判断力仍然没有收复失地。

在欺骗大众时,大忽悠们总是以自己真实的故事为掩护,蒙混过关。詹姆斯·弗雷在写作《百万碎片》(*A Million Little Pieces*)之前,肯定为戒酒和戒毒而战斗过,只不过不会如他所宣扬的一样。毫无疑问，他一定经受了地狱般的折磨，但是他却用某种方法自欺欺人地说，自己真正的悲惨遭遇并没有那么糟糕——或者，也许他真正的性格没有那么男子气，又或者，没有那么友善，所以不愿意接受他人详尽的观察。但是，任何一个瘾君子戒毒的过程，都是一场噩梦。他自己的真实故事必然值得一读。

如今，真实已经不再是一成不变的了，它具备了更高的可塑性。我们比任何时候都清楚，人们说谎已经说疯了。他们之前也可能说过很多谎话，但是现在，摄像头和看门狗一样的媒体似乎格外擅长戳穿他们的谎言。在这张大网的笼罩下，有更多人加入了搜捕通奸者和抓拍从豪车上跌下来的宿醉名流的队伍。

与此同时，我们又常常倾心各种附身于流行风尚的鬼话——家庭否认制度在大势所趋之下，几乎坚不可摧。或者，我们也会沉溺于自己愿意相信的传说。数以百万计聪明的读者都会陷入胡编乱造的故事里，心甘情愿地上当受骗。我就曾经被莉莉安·海尔曼的《原画再现》（*Pentimento*）中自吹自擂的故事所俘获，直到后来，玛丽·麦卡锡这位一向以严谨缜密著称的真相探索者告诉迪克·卡维特的电视观众："从她嘴里说出的每一个字都是谎言，包括连词和定冠词。"没有什么能保护我们不受大忽悠和训练有素的谎言家愚弄；永远不会有。

然而，最近令我颇为恼火的一股不可阻挡的趋势，却在否认真实存在的可能性。在一场校园性骚扰案的调查过程中，我们院系的主任说："只有她的说法和他的说法——没有真相。"这让我无比愤怒：某人要么侵犯了那个女孩，要么没有。这是二选一的对立项。

当然，在解读的过程中，可能会出现重大的错误。两个殴打黑人孩子的警察，声称他当时正伸手去拿裤袋里的武器。可一段录像显示，受害者确实伸手去摸索，但却是为了拿哮喘吸入器。

在一个失衡的悖论中，我们一边在奇怪地讥讽真相存在的可能性，另一边却欣然接受着纸面上各种各样的胡话。或者，这也许是因为我们对于奇幻的胃口已经腐蚀掉了所有关乎可信性的公众标准，从《钢铁侠》（*Ironman*）、《地心引力》（*Gravity*）到密集的吸血鬼和僵尸片勾起并满足了这种胃口，即使在头脑最灵光的人群中也没有两样。（好吧，我承认还是有一些真正的蠢货。我的一位朋友在看完《基督最后的诱惑》（*The Last Temptation of Christ*）之后，走出电影院，听到身边有人说："我之前还不知道，耶稣竟然这么矮。"）我们对于奇幻景致的欲求吸引了很多编造故事的"回忆录作家"，他们开始拔高自己的传说，并相信，枪声越多的故事，就越能赢得观众。

而恰恰是被抓到现形的说谎者，才最愿意滔滔不绝地讨论虚构和非虚构作品之间那条微妙边界。他们散播开来的"合适就好"的信息，已经主宰了回忆录四周的无线场域。

当读到詹姆斯·弗雷带着脸颊上的一处枪伤登上飞机的谎言时，我不禁纳闷，即便在"9·11"发生以前，机场的安检人员也不可能轻易让一个带着枪伤的人登上飞机吧。他还声称自己在戒毒所时曾被强迫在不注射局部麻醉剂的情况下接受根管治疗，但这个世界上所有清醒的人都知道，这一折磨环节是假的。那处枪伤和那颗没有麻醉的牙，都是露出的马脚。其他的读者如果能够哪怕暂停一秒钟，就可以发现这些说法的不真实性。

但是让我猜疑的东西，很多人耸一耸肩膀就放过去了。因为我们都选择接受一个前提假设：虚构和非虚构之间的那条线太过微妙，我们无法辨明。这正是弗雷自己在电视上不遗余力申辩的东西。他毫无顾忌地代表所有回忆录作家发言，自以为是地对奥普拉和拉里·金同时表示，他那种"润饰"形式适用于所有的回忆录，因为这个文类还相当"新"。（你听见了吗，奥古斯丁？）

他把自己因为兄弟会式的醉酒驾驶而受到的733美元罚款和在俄亥俄州某个警察局喝的几个小时咖啡，改编成足月长的监狱服刑——还把原因篡改成是一个好斗的亡命之徒和警察拳脚相接以及另外种种捏造的罪行。他读过大学的女朋友，变成了从青春期就开始嗑药的妓女。而他之所以称“我的书站得住脚”，有一部分理由是，谎言只占了18页，或者全书的5%——“在回忆录可以接受的合适范围之内”。

按照他的逻辑，凭空捏造事件，和其他回忆录作家为了掩护某人而模糊身份或者是记错了一个日期，在道义上是等同的。

这可不对。记忆与事实之间、解读与事实之间的界限是模糊的。这种类型的无心之失是海量的。但是弗雷没有“记错”并真正相信他有一处弹伤。他并不相信自己被监禁了很长一段时间，因为事实上他一天监狱都没蹲过。他是打定了主意要愚弄人们。

同样的做法还可以在葛瑞格·摩顿森身上看到，他是《三杯茶》（*Three Cups of Tea*）中阿富汗诸多学校的创办者。他并没有产生过被塔利班绑架的错觉，因为事实上，他在一些很善良的家庭里受到了热情的款待。他伪造出这种事件，是为了把自己的公众形象塑造成一个经历过残忍虐待仍保持高尚和宽容之心的人。乔恩·克拉考尔的《三杯欺骗》（*Three Cups of Deceit*）详细揭露了摩顿森如何把自己的慈善基金挪为私用，为自己的售书宣传旅行租私人飞机，还为了让书留在畅销书榜单上到零售商那里购买自己的书。他曾被蒙大拿首席检察官勒令补偿100万美元，以此平息诉讼。而直到2014年1月，我还看到摩顿森在用那种逢迎和模棱两可的说辞拒绝忏悔：“我就是记岔了点事情。”

我并不想在回忆录粉丝中培养对谎言有灵敏嗅觉的猎犬，也不想让那些自诩为回忆录作家却放弃了这门艺术的人噤声不言，我怕他们的大脑都不可能像电脑文件和录像镜头那么可靠。我也并不期待某个客观真实的黄金时代的到来，那时，事实警察会在回忆录的对话间巡查，除非作者有录音备份，否则就会要求惩处。可是，现在流行的那种嘲讽论调，即事先便假定了记忆只能由为自己服务的幻想编造，而且任何人都无法出淤泥而不染，或许正是使我们的集体道德运转深陷泥潭的罪魁祸首。

我们凌驾于一切的疑心已经将磨炼说谎技巧的动机扩散到每个人的身上，连那些心存善意的真相求索者也不例外。这样一来，我们就让一小撮阴谋家占据了上风。卑鄙的欺世盗名者相互协作，树立起一个主导性的观念，认为一个有思想的人不可能区分一个可能的真相和一场精心裱饰的骗局。基于他们这种古怪而愚蠢的观念，我们开始抛却一切判断，心里的想法变成了：噢，谁知道呢，反正任何事都有可能，每个人都在说谎。

在回忆录和新闻报道领域，我有属于自己的偶像英雄，他们并不认为真假之间这条线有那么难以确定。希拉里·曼特尔仍然在拼命地求索着不掺水的现实："我在精确性上下了血本，我绝不会说，'这没什么，都是过去的历史了。'"而大卫·卡尔则在谴责因为伪造鲍勃·迪伦的言论而令《纽约客》蒙羞的作者乔纳·莱勒时，重新概括了曾经路人皆知的"记者在真相的边缘舞蹈"这一准则："每一位出身传统媒体的记者都能够为你讲述这样一种直面现实的时刻——编辑会把他们按在墙上，在他们的颅骨上刻入一个深深的信息：给我对这门手艺的基本原则表示出尊重，不然，你很快就不是这个行业中的一分子了。我就曾因为拼错了我即将入职的出版物公司的出版方名字而丢掉一份自己十分想要的工作。这不太体面，却让我接受了一次残酷的教训，终生难忘。"（《纽约时报》，2012 年 8 月 19 日）

当今的无线电波，被虚假的记忆、错认的嫌疑犯和对自己的回忆含糊其辞的家伙们造成了交通堵塞，这已经司空见惯了。但我还是觉得，在我们的文化中，拧在真实附近的一颗螺丝钉松了，你几乎再也不能不加引号地坐实“真实”这个词了。有时候，让我十分震惊的是，即使当我们（心知肚明）一件事是真实的时候，把它如此说出来都会显得过于粗鲁，似乎仍然像是在声称一种真相而已——什么？这威胁到别人的经验了吗？最重要的是，没有人想让自己听起来像是人人都愿意攻击和揭穿的自满的宗教说客。

美国如果还有宗教，那么就非怀疑莫属。谁相信得最少，谁就更容易胜出，因为他永远不会被发现出错。

我认识的非虚构作家，似乎还在坚守着真实的简单法则，在一遍又一遍的修订中，谋杀自我，却只是为了符合这一准则。但奇怪的是，我在电视上没有看到过一分钟对这一准则的讨论。

这是对一种现实的忽视——我是唯一尚存的仍然相信这个现实的人吗？——虽然大多数回忆录作家明明知道过去是一片沼泽，仍然在不遗余力地寻找一个坚实的落脚点。有些回忆——通常是最美好的或最糟糕的——会在我们的体内燃烧一生，绚烂、难忘，呼唤着被镌刻的那一日。

9 内在性与内部敌人——内心的痛苦读起来比外部的打击更深切

> 也许从某种意义上说，这是我的不幸：我过于重视精神内在；我和已故之人打交道太多了。我的心有点像一个古代的幽灵，游荡人间，竭力用思想建构一个过去的世界，尽管它已化作废墟，面目全非。但我不得不多加小心，保护住我的视觉。
>
> ——乔治·艾略特，《米德尔马契》(*Middlemarch*)

感官性也许决定了一本回忆录的底线，但内在性——摄像头永远都不可能捕捉到的王国——才是让一本书值得反复回味之处。所谓值得回味，意思就是：伟大。你和大多数作家建立的联系（除了纳博科夫和少数其他几位之外）通常都取决于你对他们产生身份认同的方式。大体而言，更好的回忆录作家会围绕前文提过的内部敌人——一种反抗自我的心灵挣扎——来组织人生的故事。内部敌人发挥着线索或情节助推器的功能。

内在性使我们得以穿越诸般魔法的领域，如时间与真实、希望与幻想、记忆、感情、思想、忧虑。你无法以感官方式来呈现的情绪，可以在此得到表达。每当一位作家对他的感情、怨怼、欣幸、谋算和判断的方式展开深入的反思时，他便进入自己的内部，找到了事情的紧要关节和意义所归。

在一段童年故事的开端，一位作者可能会写到自己意识觉醒的瞬间——那个历久弥新又常常是微不足道的第一份记忆，用一眨眼的工夫，令叙述者成为存在。纳博科夫将这一时刻表达得非同凡响，他的作品的结构启发了我在自己的小说中为婴儿时的自己安排的登场，仿佛他描述了一些我曾经感受到却一直没能清晰表达出来的东西："我看到意识的觉醒像一连串相互分隔的闪光，随着间隔逐渐缩短，形成了知觉的明亮板块，为记忆提供了一处湿滑的立足点。"当你观看着叙述者在意识的边缘凭感觉摸索着那个"湿滑的立足点"——探测真正发生的事实——时，你就进入了一套独一无二的心灵知觉之中。但是对那个“立足点”的渴望，或者说对过去中某些恒久之物的追寻，正是纳博科夫的内部敌人。

即使一位作家面对着庞大的外部敌人，他也必须在一本书写作的过程中与自我展开直面的对决。不然，你为什么非得用第一人称写作不可呢？

分裂的自我或内在的冲突，必须在一本书的开篇几页便彰显出来，形成整本书的推动力或纵贯线——某种为了在全书末尾处超拔自我而前进的旅程。不管一本书看上去有多么随机或散乱，总会有一种熊熊燃烧的心理斗争，要么以主题的形式，要么以类似保持小说滚动向前的情节的形式，将书收拢在一起。内部敌人常常与作者本人对笔下作品的情绪投入紧扣相连。作者为什么会有动力去讲述这个故事？通常，这都是为了回溯并还原在过去某些已经遗失的方面，从而使它得以整合到当前的身份认同之中。

弗兰克·康罗伊生于一个窝囊的家庭，除非自我疏离或者以自我毁灭的方式进行反叛，否则便无法在紊乱的世界中维持平衡或克制自我。而他的内部敌人，正是这种无可奈何。《停止时间》展示出，对于保护一个身处痛苦之中的孩子而言，拉开间隔的空间能提供什么样的力量。这种内在的空洞或虚空，为康罗伊——我认识他的时候，他已经是一位职业爵士钢琴家了——提供了一个塑造“音乐”或者说从成长环境中痛苦的无序之中提取形式的场地。他呈现了一个条件窘困的孩子如何逃脱单纯承受苦难的命运而幸存下来的方式，而这正是疏离——一种摆脱时间与空间的意识。

> 在一个小时或者更多的时间里，我一动不动地耽于自我催发的入定之中，眼睛睁开着，却几乎一动不动……在这种状态下，我的耳朵似乎躲到了十分遥远的地方。我钻入自己脑壳里某个很深的地方。

在那本书中潜伏的一个主题，是孩童时期漫无目的的无聊感。既然孩子们过度缺乏力量与影响，他们也就必须学会去拥抱空荡荡的时间。康罗伊在苦涩中掌握了这一技能。

> 十一岁的时候，我秉持的哲学是怀疑主义。同绝大多数孩子一样，我鄙弃多愁善感，对虚情假意的言行十分警觉。我在等待着，比对任何事情的盼望都更加热切，等待着某个重大事件的发生。牢牢地把握住现实，对于我至关重要。我的视力必须保持足够清晰，只有这样，当“它”发生的时候，我才能有所察觉……（出乎意料的是，这竟是一个不成功的哲学，因为什么事情都没有发生。）

他鲁莽大意的父母和庸碌无为的老师都没有能够成功地保护好他，这让他逐渐地“滑入一种陷于麻烦之中的状态”。在那本书的开篇场景中，成年后的他正在醉酒驾驶，以每小时100英里的速度从伦敦赶回城郊的家中。康罗伊目无法纪的一面，虽然是我们爱上他的理由之一，却也让他自己陷于危险之中。

而对于哈瑞·克鲁斯，无父的成长状态让他终究没能铸造出一个坚实的自我。他在自己的书中起首便说：“因为我从来没有确认过我是谁。”他是一个被剥夺了身份认同之人，为了重新拾取自己的身份，他只能再度回到已随记忆远去的故乡，而这有一部分需要通过在那里成长但在克鲁斯出生前已经过世的父亲的记忆。在这本书中所陈的情感诉求，是为了搜集并重述那些老故事，用他老爸的过往与族人，填补作者内心的空白。若非如此，克鲁斯也许只能作为一个无法定义的变形者继续自己的人生了，像一只接受他人摆弄的木偶一般。他把自己描述成一个从一张面具底下转移到下一张面具底下的家伙，“在不同身份间溜入溜出，就像人们在不同衣服之间换来换去一样简单。”据他交代，即使是我们听起来如此有鲜明个性的口音，事实上也如同油灰一样善变：作为一个记者，在事后听自己采访电影明星或小商小贩的录音时，他“自己的口音和我在第三张或者第四张磁带中与之交谈的人的口音总会变得难以分辨。我体内某种天生的模仿冲动，会随手拾起它所接触到的任何一种用词或用语习惯”。

在他那本书名颇具男子气概的《血与勇气》（*Blood and Grits*）中，他坦白了努力装成一个文化人为自己带来的羞愧，因为他本出身于一个不识字的佃农家庭：“我所写的一切，全部出于一种对我曾经是什么、曾经是谁的恐惧和厌憎。这全都出自我想假装成另一种人的努力。”

这里似乎该提一句，我们随后会了解到，克鲁斯的母亲在克鲁斯还是个婴儿的时候就改嫁了，所以直到六岁之前，被他叫作“爸爸”的，其实是一个暴戾的、经常酗酒的叔叔，是家庭的噩梦。早在母亲怀上克鲁斯之前，他所吊唁的那位真正的父亲，在佛罗里达州沼泽地的疏浚船队中做工时，因为淋病而失去了一只睾丸。他染上淋病的来源，是“一个平脸的米诺尔女孩，他从来都不知道她的名字，只知道她像母猪一样地哼哼，闻起来则像在树林里被射猎的动物。”

对于这种不讨人喜欢的行为进行充满贬义色彩的刻画，有助于描述我们所面对的那种艰难境地——在一个充满了吵闹的猪豕与猎物的宇宙中，你在行动时也不得不吸进它们的气味。这是一个用肌肉语言说话的世界，挤满了最为粗糙刚硬的行动。

但那个遗失的世界，同时也是人们挽手坚强共度之地，而克鲁斯的声音听起来则——在一切其他感觉之上——那么孤独，那么缺乏联系。那种坚如磐石的群体的感觉，在他看来就好像一个饥肠辘辘的人眼中的食物一般。他们家老爷子在疏浚船队中结识的一个哥们儿害他切掉了一只睾丸，而这类朋友，克鲁斯自己似乎从来不曾拥有。在那场悲剧之前，这位朋友把老爷子卷入一则残酷的玩笑，这件事把他们绑在了一起。

> 在老爸告诉塞西尔出了什么问题的时候，疏浚机器引擎有节奏的击打声与他虚弱的嗓音形成了鲜明的反差。
>
> 当塞西尔终于开口讲话时，他说："我希望那还不错。好小子。我真的希望。"
>
> "什么还不错？"
>
> "那个印第安人。你染上淋病了。"
>
> 其实老爸早就知道了。他每次想要"放水"时，都会感觉有火从肚子那里开始燃烧，好像烧透了生鲜的皮肤，让他几乎不可能挤出一点儿水来。自从这种现象出现以来，他就没怎么想过别的可能。他能想到的，只有那个他在一蓬棕榈叶下被蚊子生吞活剥时，和他发生关系的小妞。

因为此类故事是克鲁斯的祖传财产，也是将他拴在这个星球上的唯一纽带，所以这种境地的感官现实和他父亲受苦受难的身体，就产生了一种让我们无法不为之买账的即时性。

我们感觉到，为了展现他自己的男人气概，克鲁斯老爸象征着粗鲁的、高大肥胖的男性，而克鲁斯所有的强硬举动——从参加海军陆战队、打架斗殴和参加巡回演艺团的工作到身上大片的骷髅文身——似乎都来自于他对神秘而超人式的一家之主生活的渴望，而所有这些，他都只是在照片和故事中了解到的。"他的枪是总会拔出的枪；他的头是总会在威士忌酒瓶下掉转的头。"这里的总会是一种直白的呼喊。请原谅我在此搬出弗洛伊德的那一套，但谈到这位只剩下一个睾丸的父亲，说他有一把总会拔出的枪，听起来确实很像一个儿子自己想拥有一个具有男人气概的老爸的极端愿望。

现代主义（Modernism）的一个标志，是作家自省地评论他们正在写作的事实，就像一个戏剧人物打破了第四堵墙，直接向台下的观众讲话。在类似克鲁斯这样的冲突中，讲述一个故事的过程在某种意义上是在解决心理上的核心问题——形式与内容在此完成了一场诗意的联姻。中间的媒介是信息。于是，在《放弃鬼魂》(*Giving Up the Ghost*) 中，我们又听到了曼特尔和她把自身经验化为超自然现象这一能力之间所发生的角力，在那个时候，她会因为自己相信的东西被宣判为疯子：

> 于是我现在来写一本回忆录。我告诉自己，干脆就讲讲你是怎么把一栋闹鬼的房子卖出去的吧。但这个故事只能讲一次，我需要把它讲明白。为什么写作这种行为能产生如此之多的焦虑呢？玛格丽特·阿特伍德说："写下来的文字多么像证据——像某些能拿来对付你的东西。"我曾经认为自传是软弱的一种形式，也许现在我依然这么认为。但我同时也觉得，如果你很软弱，那么假装坚强就太幼稚了。

除非你在一个项目中首先坦白自己的情感筹码，不然的话，读者又凭什么做出任何投入？作家要为笔下的文本设定个人化的理由，而其挣扎的心理则会为故事添满燃料。下面是我第一本书中的自己，正在努力解释自己过去不了解的东西如何成为我挥之不去的梦魇：

> 当真相令人无法忍受的时候，大脑常常干脆就把它给忘却了。但那件事的幽灵还会停留在你的脑子里。然后，就像学校黑板上的一个不雅的单词被擦掉后留下的痕迹一样，那个幽灵能利用自己特别的模糊性吸引不必要的注意……对于我，那一夜留下的最严重的后果，是内在性的。我的房子不正确这一事实，转化成我自己不正确这一观念，或者说我在这个世界上得以生存，依赖的是我抵制各种形式不正确的一以贯之的警觉性。

在《夜》（*Night*）里，集中营幸存者埃利·威塞尔因为对自己对待濒死父亲的方式深感愧疚而备受折磨，这种折磨也许并不亚于纳粹对他的劫掠与迫害。当那位病榻上的老人在弥留之际，于剧痛中呼唤作者的名字时，那个年轻人却远远躲开了，抱怨着他父亲发出的那些令人焦虑的喊叫声，那叫声最终招来了纳粹党卫军的袭击："我永远都不会原谅自己。他所说的最后一句话是我的名字。那是一次召唤，而我没有回应。"没错，是集中营和其中的虐待压垮了威赛尔，但他内心的冲突为这个故事加强了深度。在这本书后来的版本中，威赛尔删掉了这一部分，称它"太个人化、太私人化，也许是……"在我看来这相当令人不解。

对于祛除我自己内心恶魔的需求，正是我为什么总是要从笨拙地翻索自己的回忆入手写作回忆录的原因。只有在经过几番打稿之后，我才会着手开始"调查"，或拜访旧识，或传阅手稿。经过我自己啃咬咀嚼和反复演绎的记忆，才是令我苦恼的关键，也只有那些记忆，才能帮助我找到一本书的形状。

阅读乔治·奥威尔的大师级散文《猎象记》（*Shooting an Elephant*）——从我的目的出发，可视其为一本迷你回忆录——你可以看到一个人的两个半边之间的冲撞。在英国统治时期的缅甸，他作为一名英国警察官员射杀了一只价值不菲的动物，但他并没有试图为自己的行径寻找合理的借口。当时，他还不是未来那个出征西班牙内战和编写《1984》（*1984*）的政治左翼分子，但是在海外效力的他，已经开始酝酿对帝国主义的敌意，并对他受命镇压的人民表示出同情。

此外，当地的百姓也在激怒和折磨着他——他们是明显的外部敌人："在毛淡棉，在缅甸南部，我受到数量众多的人民的憎恨——我的一生中，只有在这段时间里，我才如此重要，可以让这种事情发生在自己身上。"

而支撑这篇文章的内在挣扎，却是关于那种憎恨如何扭曲了他的内心。奥威尔在其自身恶意的侵蚀之下，写到了那些冷嘲热讽的年轻僧侣，写他们在街道和茶馆里一边懒散地消磨时光，一边取笑自己："（我）曾觉得，这世界上最大的欢愉，就是用一把刺刀捅进佛教僧侣的肠子。"

这篇作品有一条简单的叙事线索，如果没读过原文，也可大致把握它的主线。一头处于发情期的大象发了疯，杀死了一个苦力。但是当民众在讥讽中劝诱奥威尔赶到现场时，那头沉静的、看上去睡眼惺忪的巨兽正在拔草而食。当它把沾满尘土的草根在自己的膝盖上拍打着抖掉尘土时，奥威尔观察到它有一种"神情专注的老祖母一般的气息"。可人群却逼迫着奥威尔用手上的步枪射死大象，但因为那支步枪实在太小，他就不得不一次又一次地射击，眼看着那头大象呼呼喘气，咳出喷涌的鲜血。这是据我所见的范围内，自我折磨最为严重的回忆录之一。

> 当我扣动扳机时，我没有听到枪声，也没有感到后坐力——当子弹射中时，你总是感觉不到的——但我听到了从群众中爆发出兴奋的欢叫声。就在这个……（一种）神秘而又可怕的改变发生在大象身上。它没有躁动，也没有跌倒，但是它身上的每一根线条都变了。它受到了冲击，全身萎缩起来，一下子变得很老……（它）四腿发软跪了下来。它的嘴巴淌着口水。

当时发生在奥威尔身上的事件——在内部发生了分裂，一方面是他对自己在英国占领地区所承担的角色的厌恶，另一方面则是对因为这种角色而憎恨自己的缅甸人的愤怒——锻造了这则故事。正如他在临近结尾处所说："你戴上一副面具，你的脸就会按照面具的样子变化起来。"他在文章最末处的反讽性陈述中，没有给自己留下一点余地，直陈他对于那只动物杀死了一名苦力感到很高兴，因为"它让我在法律上处于正当之地，”然后又加上一句，“其实我这么做，只是不想看起来像个傻瓜而已。”

可以尝试想象一下，如果奥威尔在写这篇故事的时候，仅仅作为一个同情缅甸人民的作者，那么他所讲述的事情便不再具有情感力量了。结果他只会成为一个自私的家伙，忙着为自己的行径辩护。一旦读者在文字中认出虚荣或自利的面相，那么作者便无法再以真诚坦白示人了，某种水平的不信任感会掺杂进读者的经验之中。在我所了解的文学性回忆录中，几乎每一本都是由内在的挣扎提供了故事的动力。奥威尔用描写的力量把一个读者的情绪和所有参与故事的人拧成了一团——那只大象、人群、迷失在恐惧和骄傲中的菜鸟警官。没错，那只大象展现出一种老派的与自然之间的对决，这让很多伟大的小说获得了丰厚的力量，但它同时也映射出奥威尔内心的战争。

10 论天赋本性的发现

> 首要的是，不要欺骗你自己。欺骗自己并听信自己谎言的人，最终会沦落到一种境地，令他再也无法区分自己身内和身外的真相，因而也就丢失了对自己的尊敬。在丢失尊敬之后，他的爱也将就此停息。
>
> ——陀思妥耶夫斯基

我经常发现，我的学生会在他们作品的开篇几页中，呈现出与他们本人的真实情况截然相反的自我描述。才华横溢的年轻诗人不想提及她全心热爱的诗歌，因为感觉它们太“女孩子气”了，可她本来就是一个非常脆弱敏感和女孩子气的人。拥有超强大脑的天才非要试着装成一个工人阶级的英雄。我所认识的最乖巧的孩子之一，把自己写得像一个反社会的混蛋。为了帮学生们诊断出他们各自的盲点，我常常会提出以下问题：

1. 通常说来，你身上有哪些地方让人喜欢，又有哪些地方令人讨厌？在你的笔下，这两方面都要有所反映。

2. 你希望人们如何认识你，以及你曾经以何种方式装假或扮演过和自己不一样的人？（顺便提醒一句，在生气的时候对你大吼大叫的爱人和家人已经为你回答了这个问题。）

3. 你能不能找到任何言语上的标志，提示着你正在装腔作势？我认识的一个孩子，每当想要展示自己很酷的时候，都会开始提到金属乐队，而我自己则会开始对哲学夸夸其谈。

我想，每一位读者都能够回答这些问题，下面请允许我抛砖引玉：

1. 我的朋友喜欢我，通常因为我温柔体贴、心直口快、接地气并充满好奇心。我绝对忠诚，而且总是笑得很大声。

2. 人们不喜欢我，是因为我情绪激烈，而且常常越界——有时是无心之失，另外一些时候则是有意挑衅。我的性情倾向灰暗。聚会上东拉西扯的闲谈令我极度厌倦，在婚礼上，我更喜欢跳舞，而不是聊天。我有一点反人类。我会因为自己正在工作而取消约定好的午餐。

3. 我愿意让自己听上去酷酷的，像一个情感毫不外露的知识分子。我在自己家庭中扮演的角色是感受者，所以我一开始很怕在自己的文字里也去感受。这样做感觉有点太过突兀和愚蠢了。但是就在我远离感受中的瞬间或故事时，我也放弃了我最擅长的东西。

4. 我会开始把话题偏移到一些冠冕堂皇的措词之上，而对于与之相关的知识性论题，我其实一无所知。

简言之：你想如何呈现自己？写出一本经久不衰的回忆录的作者，都能成功地攻破最初的防线，穿透虚假的自我，挖掘到更真实的自我，等着讲述一个更加复杂的故事。

11 耽于幻象的汤亭亭

> 我们认识真理的途径不仅有理性，还有内心。
>
> ——帕斯卡，《思想录》(*Pensées*)

汤亭亭超然出尘的幻象（vision），对于我们今日所知的回忆录这一文类的铸成，功不可没。她于 1975 年出版的《女勇士》，在今天绝大多数的大学书店和图书馆书架上，仍然占有一席之地。我把她作为讲授的对象已经超过三十年了，可至今仍为她如何能深深吸引住我的学生而感到神奇。她丰厚天赋的两个方面，分别映射着故事冲突的双方——她那渴望真理、女性主义和美国化的自我，与她母亲所持的中国式淑女与谦卑的压抑性观念展开了斗争。

从这本书的第一口呼吸开始，作家就泄露了她母亲的一个秘密，那秘密诞生于远古的文化价值之中，决定着一个女人应该如何处世——基本上就是在吃掉一块巨大的屎馅三明治时，你的脸上应该带着奴性的微笑。“养女不如养鹅”是一则智慧，而戕害女婴也是在实践中可以容忍的行为。于是，作者张开自己口无遮拦且接受了美式教育的那张嘴，来抵制她母亲关于女性谦卑、家族忠诚和端庄举止的传统观念——她的挣扎贯穿了全书。这本书在开篇便同时呈现出母亲的劝诫口吻和女儿——通过报告这种口吻的行为而表现出的——对于契约的打破。在这一番精妙的腹语表演中，两个对手开始用同一张嘴说话：

> “接下来我对你说的话，”我的母亲说，“你不可以告诉任何人。在中国，你的父亲有过一位妹妹，她自杀了，跳进了家宅中的水井。我们说，你的父亲只有兄弟，没有姐妹，这是因为她仿佛从来都没有出生过一样。”

这位无名的姑姑把自己溺死在水井里之前，怀着孕出现在田野里，但是她的丈夫已经离开了太久，不可能是这个孩子的父亲。为了惩罚因姑姑蒙羞的家庭，村民们发动了一场野蛮的如幻觉般的袭击，他们洗掠家宅，偷走大米，屠杀牲畜。那一晚，姑姑把她的私生子掩埋在猪圈里，第二天早晨，家人就发现她“堵塞了家中的水井”。

汤亭亭的母亲把姑姑的故事传讲给年轻的作者——她刚刚月经初潮，于是也到了可能蒙羞的年纪——是为了警告她远离性事，克制欲望，干脆不要开口说话才好。被遗忘，意味着堕入一个永恒的地狱之中，与家人永隔。被遗忘的祖先，因为没有被后人铭记而无以果腹，于是都将化为“饿鬼”。

在汤亭亭的原创性中，有一部分来自于她为形式与内容完成的联姻：在年轻的说话者内部安置了两种文化之间激烈的矛盾，塑型出这本书置于现实主义与奇思妙想之间的正反触发器。她僭越了女性缄默不语的中国传统，泄露了家庭的秘密，展现出对于真理的饥渴需求，这让她几乎成为和她蒙羞的姑姑一样危险的人物。她一改母亲传递寓言或“讲古”的方式，去幻想那个失足的姑姑可能是一个怎样的人，并将其视为自己与生俱来的权利。汤亭亭清楚地表明，自己并非在调查事实，而只是在臆测各种戏剧化的可能性。最初，她把溺水的姑姑想象为一个强奸受害者，在田野中遭到侵犯，但因为觉得太过羞耻而不愿透露实情。或者，也许强奸她的是家人中的一员。除此之外，汤亭亭还把她塑造成了一个法外之徒：一个虚荣的苦害着相思病的荡妇，是“不停更换身边人”的“一个狂野的女人”。

通过把姑姑从彻底的遗忘中拯救出来，汤亭亭也拯救了自己，得以避免像旧日的缠足一样，被老一套的方式捆绑束缚。

> 我独自为她烧了很多纸，只不过没有折成房子和衣服的样子。我并不认为她总会对我怀有善意。我揭露了她的事，而她又曾是一个怨毒的自杀者，把自己溺死在供人饮用的水井之中。中国人总是很害怕溺死鬼，他们的鬼魂呜咽着，头发湿漉漉地垂下来，皮肤浮肿，在水边静静等待，伺机拽一个替死鬼下来。

后来，进入青春期的汤亭亭开始努力把自己塑造成一个“美国女性”：骄傲、挺身直立、露出脚趾、既不谦卑也不安静，丝毫不像弯腰驼背和裹成鸽子式脚趾的“旧中国女人”。

> 什么是中国人，什么是电影。在中国，危险的是（愚昧的）祖先。在美国，危险的是孩子。他们继承了鬼魂的罪恶，膨胀而饥渴。

她长成了一个鲁莽冒失、不服管教的女儿和学校的恶霸。她曾经掐捏和折磨一个害羞的学生，逼她开口说话。

汤亭亭那些骇人听闻的幻想，是她母亲口中那些超自然传说的回音。虽然当时的书评将《女勇士》中的篇章拿来与当时还属新鲜的拉美魔幻现实主义——以加西亚·马尔克斯为代表——相提并论，但汤亭亭的作品对于现实主义而言，太过于超现实了。面临危险时，她的母亲会幻化成一条龙：“（她）把她的龙爪像扇子一样展开，飞速地翻动着她那些红色的亮晶晶的鳞片。”她可以飞越云霄。

可以把这种变形与加西亚·马尔克斯在《百年孤独》（*One Hundred Years of Solitude*）中提供的那些基于物理事实的场景进行一番比对，后者的开篇便是可以解释的作为科学发明的“魔法”——如出现在热带的冰块，或者在大街上拖着走就能把钉子从房子里吸出来的强力磁铁。在加西亚·马尔克斯的笔下，一位死者的假牙在他装假牙的玻璃杯里绽放出黄色的花。而当一个极美之人出现时，蝴蝶翩然随至。“不现实吗?”加西亚·马尔克斯曾有一次俏皮地说，“可这就是南美的生活。”他让魔法变得可信，然后一步一步地把读者领入鬼魂的世界。

汤亭亭的书感觉更加如梦如幻，在挑战读者的轻信度方面，发挥得更加大胆。她从在物理上可能的事件出发，最终让你必须跳进一个中了魔法的村庄体系中，在那里，“灵魂在活物中间闪动着微光”。但是，考虑到作者与来自古老世界的神秘束缚之间不断角力，贯穿了她在加利福尼亚的整个童年，这种鬼魂式的世界反而成为她表达自己内心最真实的途径。她不知道该相信什么，也不知道什么是神话。她的家人确实称呼美国邻居为“鬼魂”；而来自家人的智慧告诉她，作为一个移民的孩子，她被这种鬼魂文化所吞噬了。正因为如此，她的父母才会把很多事瞒着她不说。

> 有时候，我因为那些鬼魂不让我们讲话而憎恨他们；有时候，我也憎恨中国人的秘密。我的父母总说，“不要讲话。”但是即使我们想讲话，也不能够，因为我们不知道怎么讲话。他们不会告诉我们这些孩子如何讲话，因为我们降生在鬼魂之间，受到了鬼魂的教育，而我们自己也变得和鬼魂一样了。

神秘的仪式照例执行，却从不曾得到讨论。在晚饭时，“母亲会把施格兰王冠倒进酒杯，然后过一会儿，再把它倒回瓶子里。从来都不加以解释。”

反讽的是，这位回忆录作家在习得了她母亲的幻想技巧的同时，也接受了一种不可信的谨言形式。正因为如此，家庭的秘密仍以某种形式得到了守护；这本书成为一个风月场，现实和神话的面目模糊不清。

如果放在其他作家的书里，这种缺乏确定性的古怪特征，要么会引起读者的不满，要么会让读者感到无聊，最终只会被视为离题或者浮饰。我自己也曾试图使用过汤亭亭的技巧。当我哄骗一个读者阅读那些记满女巫精灵和魔法咒术的文字时，我几乎马上就听到了读者的评价：赶紧回头写真实的故事去吧。但是汤亭亭对它的文化来源和语境进行了解剖。她解释了幻想如何在她的家中成为现实，而我们也承认那神奇时刻是完全本真的。正如在下面这段比小说还奇诡的描写中，她如此讲述了一次到汽车电影院的旅行：

> 邻座的女人在一段时间里十分健谈——为我们这些孩子介绍我们的第一次“露天电影”——在其余的时间里则一直紧闭着嘴巴。然后，我们看到银色的热浪从她的身体中升起，在我们的眼前凝固……她的丈夫把扬声器丢出窗外，飞快地把车开回了家。

女孩真真切切地目睹了愤怒的灵魂从一个女人的身体中升起。极少有其他作家能在如此写作的同时逃过一劫——这里技术的痕迹太重了。可在汤亭亭的笔下，它却变成了“真实”，因为她构建的整个世界都在如此运行。

她把邻里流言中一个横尸遍野的景地，安置在一个真实存在的物理地点。一旦你接纳了这种奇异的前提假设，你离相信这位“本地的女巫”也就不远了。

> 众所周知，人们踏上流浪汉的路径（进入一片沼泽），拨开杂草，发现了死亡的躯体——流浪汉，自杀的中国人，孩子……孩子们说她（这个疯女人）是一个女巫，如果让她抓到我们，她能在我们身上做出女巫的行径，不可言说的烫伤、撕裂和变形。“她碰一碰你的肩膀，你就不再是你了。你可能变成了一片玻璃，对着人行道上的路人眨眼示意。”她骑着两腿间的一把扫帚抵达沼泽，一半脸涂着红色的粉，另一半脸涂着白色的。虽然她已经很老了，可头发还是黑色的，发梢竖立，从一团干燥的硬块中向外伸出。她戴着一顶尖顶帽，披着好几层斗篷、披肩和扣子系在脖子上好像斗篷一样的毛衣，长袖在身后飘起，像香肠的外皮。

首先，她在狗尾草丛间展开了由现实感极强的死尸构成的可怕场景。然后，她移向了伪说——孩子说她能让你变形。再然后，她开启了寓言家的状态。

虽说是寓言，也能讲出以其他方式无法言明的真理。在一个对美国读者而言显得太过遮蔽的文化中，神话亦是一种从侧面入手的直白与坦诚。一旦汤亭亭向你展示过如何阅读她的书之后，你就再也不会在意，你到底是身处神话之乡还是登上了现实网站，因为你心中的某一部分已经认可了她的方式。在阅读这本书的进程中，你将掌握游刃有余地穿梭于两种界域之间的本事。

有些场景特别完美地服务了主题，但在物理事实层面却显得十分古怪，虽然它们也有可能是真实的，读者还是会抱以怀疑。汤亭亭称，她在美国学校里开口说话之前曾做过 IQ 测验，锁定了“一个零分的 IQ”。沉默不语，意味着她无法在美国学校立足。为了治疗女儿的沉默病，汤亭亭的母亲把剪刀伸进这个年轻作家的嘴里，剪断了她舌头下方那片叫作系带的小隔膜，于是“解放了她的舌头”，让她能够说话。这起事件以独异性申辩着它的真实，但它和书中有关女性缄默的主题完美契合，又好像在暗示这是一则神话。

虽然我在自己的第一本书里没能直接复制汤亭亭的方法，但正是通过对她的研读，我才有勇气使用自己从爸爸和他的赌友那里偷听到的得州传说。在冰天雪地里开着货车跑完一趟之后，一个人发现自己的裤腿里滚出一团冻住的毛茸茸的东西。把它放到煎锅里融化开，那东西发出了一声放屁的噪音。这样一个笑话由我讲出来，还是原来的样子：一个笑话。没有人会信以为真。但汤亭亭笔下那些神秘超凡的女剑客却不知为何变成了鲜活的生命。

一位作家自我的真相——比如，汤亭亭对寓言主义的偏好——总有办法像一具极端沉重的尸体一样，浮上纸面。你最好从一开始就把读者领进那片沼泽坟墓。

20 世纪 70 年代，汤亭亭背叛了一种沉默的文化，把中国的神话和古老的文本铺展成一道现代景观。那是一次女性主义的行动，揭开诸般秘密，是为了解放她自己和与她同族的女人，让她们不再沉默，不再无闻，摆脱积压了几千年的厌女症，不再受到同样的打压。但即使这本书已经登上畅销排行榜，风光一时无两，它的作者仍然常常在亚洲男性作者的评论中遭到抨击。赵健秀曾批判过她和我的朋友谭恩美（以及其他作家），说她们在自己的作品里重弹白人刻板印象的老调。谭恩美最近针对赵健秀的攻击回应说："说被阅读大众边缘化，那是他所认定的真实；而成为主流的读物，必然意味着你的书已经脱销了。"

关于不平等的议题似乎（正当地）激起了赵健秀的恼怒。虽然我对这一议题没有发言权，但我必须维护汤亭亭呈现自己作为一个中国女孩的童年的权利，她完全可以任性而为，不必事先通过男性思想警察的审查。汤亭亭的《女勇士》早已超越了过去那个性别歧视更加严重的环境，相继赢得了几代人的倾心。对于回忆录的可能性而言，它已成为一座永恒的丰碑。

12 （在书内和书外）与所爱之人打交道

家人的存在，就是为了见证彼此的失望。

——劳拉·希勒曼

不同作家之间的差别有多大，他们与家人和朋友相处的方式就有多大的差别。一端坐着愿意展开采访并几乎乐于合作的回忆录作家——绝大多数是女性。卡罗琳·西就听从家人的评论，重新改写了她的《梦想》。另一端则坐着那些倔强到可以对此不屑一顾的作家——根据我的经验，他们全都是男性。弗兰克·康罗伊称，他写作《停止时光》时，对于自己家人的回应没有丝毫的兴趣。“就算他们表示不认可，我也不会修改一个词。”我的朋友杰瑞·斯塔尔在自己所著的《永久的午夜》中挑战了家族的历史，把他父亲的死重述为一起自杀事件。他曾说：“如果你不得不被迫经历某些事，你就有权利把它写下来。”

这种性别差异不无道理。男人之所以成为男人，是通过对父辈的反叛——愤怒的年轻摇滚乐手偷盗车辆或者当面对质家长就是典型的例证，俄狄浦斯正是在弑父后娶了自己的母亲。但是要一个女人教训自己的母亲一顿，就不太可能了。露西·格里利曾在青少年时期接受过痛苦的癌症治疗，据说她的家庭在此期间把她一个人抛弃在英国，但在她的《一张脸的自传》（*Autobiography of a Face*）中，她对于这件事的原因并没有给出解释。当我半嗔半怪地责问她时，她说：“女人是家族传说的仓储库，而评判我们女性气质的尺度，是对家庭关系的保障。把脏衣服拖出来，几乎能把一个女人变成男性。”当然，我们彼此之间交换流言和追逐故事的方式，已经让我们很多男性亲眷感到恐慌了。但露西提醒说，把这些流言发表出来，要更糟糕。

吉奥弗里·沃尔夫的《欺诈公爵》出版后，有卑鄙的书评者对书中的母亲极尽侮辱之言，他因此为这本书给自己那位严正端庄的母亲所造成的影响深感懊悔不安。“在那之后，”他告诉我，“很明显，她巴不得这本书从来就没有出现过。”他特别劝诫我远离电视脱口秀，因为在那种节目里，错综复杂的家庭问题会扭曲演变成结结实实的撕咬：

> 你把自己在这个世界上最爱的人请入叙事，令其成为其中的人物。然后你就会失去对叙事的控制……迪克·卡维特认为我的人生滑稽无比。

然后，他的兄弟托比的书在面世时却赢得了满堂彩。我和他们的母亲见过两次——她一丝不苟地扎着头巾，身材纤小。我们一起观看《这男孩的一生》的改编电影，我就坐在他们一家人的身后。她在电影中由欢快活泼的艾伦·巴金扮演，而扮演托比的则是里奥·迪卡普里奥，德尼罗扮演那个糟糕的继父。托比竭力劝说导演删掉了一段对性事表达得太过露骨的部分。“我怎么能够亲眼看到这样的东西呢!”《纽约时报》引述吉奥弗里的原话说：

> 这就是这个女人——她已经被写过一次了。火车碾过她之后，一路向北。而她站起身，拍拍身上的尘土，现在又来到这辆马上要退回来再碾压她一遍的火车面前。

沃尔夫妈妈打趣说：“如果我早知道我的两个儿子都会成为作家，我也许就会换一种方式生活了。”

* * *

现在，我来到了一个分岔节点：要么在此详述自己和他人打交道的辛苦历程，要么就该结束本章了。我身边有几个值得信任的文学参谋，被我称作自己的“厨房碗柜”。他们曾警告过我，不要在这里浪费时间谈我自己的经历。也许，每一位在简短的采访外还要对自己的作品侃侃而谈的作家，都会变得像一名汽车推销员一样。或者更糟，简直就像在吹捧自己是一位女元老。相信我，我不是元老——也没有人能成为元老。这些经历都太过于个人化了。可是，我对于别的作家与其家人打交道的历史，毕竟不如对自己的那样了解，而若不谈谈自己的经历，说得好听点是忸怩矫情，说得难听点就是故意欺瞒了。所以，下面就让我们继续吧。

通常来说，我与他人的交涉分为三个部分。我会提前很久知会他们，给他们一个拒绝我的机会（目前还没有人拒绝过我）。在书稿写成之前，我会一直保密。但是在付印前，我会提早把自己的作品发送给我所写到的亲友。顺带一提，我在本性上就愿意为我不喜欢的人多写一笔。除了刻画过一位曾惹恼我的祖母和两个有恋童癖的人之外，驱动我在纸上书写下去的动力，主要都是爱。

我的第二本回忆录面世时，我儿子正上初中，他在接下来十年多的时间里，都坚守住一个立场："我还没有做好读你写的书的准备。"这种智慧让我惊喜不已。知道你的母亲曾被性侵过是一回事，但是阅读那个栩栩如生的场面，就完全是另外一回事了。他更愿意把我当作一个分发华夫饼的人，而不是一个文学形象。但在我的故事里，每一件事的大致轮廓，他都是了解的——我们的关系很亲密，而且我绝不愿意让他从外人那里听说家庭的创伤。我在写作上一本书《重生之光》（*Lit*）时，让他帮忙审查第一章，因为里面出现了他在上大学前后的样子。他连一个字都没改。我本还想让他的父亲帮忙检查那份手稿的准确性，但他本人更愿意换上假名，面目模糊地登场。（我确实把那些章节发给了我们之前的婚姻咨询师，只是想让她看看我写的是否公正。）

圆滑如我，曾建议露西·格里利尽情惹恼她的家人，但我在动手书写我自己不那么完美的家族之前，其实和她并有没什么两样。作为一个远离家园的单身母亲，我害怕惹恼任何人。

我在开始写《骗子俱乐部》之前，不停地给我的妈妈和姐姐（我的爸爸已经去世了）打电话，拿自己计划要写到的事来探她们的口风，并给她们打预防针，提醒她们，如果我足够幸运，能吸引大众的目光，那么她们就有可能被放在公众的放大镜下接受观察。

我心里有一部分是希望她们嘘停我的。哪怕我再热爱回忆录这种形式，这项工作的前景还是会让我不寒而栗。我感觉到一种不得不写的冲动，但当我意识到做这件事有多么容易出错的时候，还是诚惶诚恐，汗流浃背。真实的情况是，我在经济上遇到了燃眉之急：在以码为单位计算积雪厚度的锡拉丘兹生活却没有一辆车，而为了照顾孩子我在暑假大捞一笔的可能性也没有了。

也许我的妈妈和姐姐对这本书的态度都太圆滑了，因为她们已经习惯了我在小刊物上发表诗歌的尝试，那些诗的读者规模不过数打。而我知道，我在纽约的出版商期待的可是一本征服世界的作品。

家里人的泰然自若反而让我更加担忧，还不如她们对我拳脚相加更好。“谁在乎呢？”我的姐姐说。“心里想说什么就说什么吧，”我的母亲说。她们都是很棒的读者，我在随后几十年里，都会把回忆录作为礼物赠送给她们，所以她们明白，我的目标是塑造一个三维的肖像，而不是把房子一把火烧为平地的大揭底。

但话说回来，我们家的房子里还真的走过火。有一次，母亲被人问起厨房的瓷砖上怎么会有一个子弹孔，她只是简洁地回答说：“他动了。”那并不是家中唯一的一次枪击事件。有一次，在修瓷砖的工人指出一个弹孔的时候，姐姐打趣妈妈说：“那不是你朝爸爸开枪的地方吗？”妈妈却回嘴说：“不是，这里是我朝拉里开枪的地方。那边才是我朝你爸爸开枪的地方。”

（这同时也应该能让你明白，为什么回忆录这种形式与我正合适。既然身边已经有了这么好的人物素材，哪里还用得着去编那些鬼话？）

可是，酒精与枪击并非故事的全部——它们几乎从来都不是。多亏了母亲在自己六十多岁时戒酒成功（多年后，这成为我效仿的范例），故事里还出现了解脱。戒酒并不能赎回我们已被毁掉的过去，但它像治疗类选法[①]一样，有效地止住了血。而挖开母亲那些经年栽培的谎言，让我们作为一个家族空前亲密起来。

我的家人都期待着看到一幅充满爱意的肖像画，这让我感到异常欣慰。我们其实已经花了几十年的时间讨论书中的事件，早就为这本书打好了地基——我的心理治疗师（们）一直在鼓励我进行那些交谈。可是，我的家人似乎都没有意识到其中富含的可能性。也许，这又是她们超凡的否认机制在作祟。

所以，在圣诞节的时候，我乘飞机回到家，花几天的时间仔细讨论那些我担心会让她们感到难堪的事情。"还记得吗，那时你向我们挥舞着一把厨刀，把我们的玩具点着，然后你被带走了，送到了老远的地方。"

"见鬼去吧，"母亲说，"那件事，镇上还有谁不知道。"

我身为一名回忆录作家，能拥有这么一个野性的母亲，真是修来的幸运："要是我对别人的想法有屁大点儿在乎，我早就留在家里烤饼干了，还会去参加家长教师协会?"她曾经在超市里"大闹天宫"，掀翻了货架上的商品。另外，她还是一个肖像画家，在纽约受过培训，所以她对于视角和感觉如何塑造现实十分理解。她知道我的口音为读者提供的将是一种主观的现实，而非佯装一种至高无上的权威。

从某些方面来看，我的姐姐可算是一个循规蹈矩的人，可她表现得太过无所忌惮了——还有点儿犀利。她是一名地方保险专员，说起脏话来跟水手一样，而且总是扮演黑脸的角色。但她总是比我们任何人都更加墨守成规——我猜，总要有这么一个人才好。她曾经天真到

① 治疗类选法：根据紧迫性和救活的可能性，在战场上决定哪一部分人优先接受治疗的法则。

兴高采烈地反复打趣说：“我用不着去做心理治疗，因为你替我去了。”她是扶轮国际的成员，还加入了女性共济会组织。即便到了20世纪70年代，她的牛仔裤还守着严整的军人折痕。她的第一任丈夫，被我们称为“大米男爵”，她和那个家伙在一起的时候，曾经禁止我穿着在二手店铺买的衣服出席他们的乡村俱乐部：“我给自家后院铺草皮的时候，都不会穿成你那样。”

我是左翼，她是极右翼。我是个流浪的独行者，她是一个南部的生意人，圣诞节叠起的明信片有几百张。

但不管我们成年之后的分化有多么严重，在小的时候，她曾是我的英雄，所以她也要出现在我的书中。

在得克萨斯待了几天后，我分享了这本书中将要透露的唯一一则全新的消息，其实并不涉及她们两个——使我一直隐忍不言的两次在童年遭受性侵的经历。那天早晨，我卸下了心中的包袱，而这则消息正如我所料的一般，掀起了一荡转瞬即逝的涟漪。我的母亲多少算是愤怒地说了一句：“那些婊子养的。”

然后，经过了一段短暂的静默，莱西娅抓起了她的钱包。“我现在真想去吃点墨西哥菜。”在午饭时，她提到有一个男人也曾试图强迫她就范，还讲述了她如何使用肢体力量击退了他。

除此之外，有关于此的对话就没再继续了。直到我离开前的那天晚上，有一个我几乎不认识的莱西娅的商业伙伴前来造访，想跟我谈谈有关性侵的事。莱西娅已经跟他讲了事情的始末。

在接下来两年的写作时间里，我写的东西没给第二个人看过。但我偶尔会打电话给母亲，去查问一些事实——通常是一个日期——或者试探一下她对于将某些细节公之于众的态度。上帝保佑，她从来没有表现出一丝反感。

至于我处理各种不同诠释的方式，也许并不适用于所有人。如果某人的观点与我完全相反，我会顺带提上一笔，但绝不会觉得自己有义务非得呈现它不可。比如，我的金发姐姐敬爱我们漂亮的祖母，而她也很喜欢莱西娅的金色头发。我直白地袒露自己对这个老太太的不屑（她认为我的黑发让我看起来像个墨西哥人——一个孽种），但还是描写了我姐姐是怎样跟她一起梭织蕾丝的，这多少有点奉承的嫌疑。我还提到，我的祖母在五十多岁的时候罹患癌症不久于人世，这对于一个人的性情没有什么正面的作用，而且她脑中那个葡萄大的肿瘤无疑会扭曲她的性格。我怀疑，不管在什么情况下，读者都不会认为我对她的恨意是公正的或公平的，只不过那真的是我的看法。下面是另一段这类中和式的段落：

> 莱西娅称，我开始大喊大叫，而正是我的叫声导致母亲急转弯……（如果写这本回忆录的人是莱西娅，那么我的形象无非是以下三种了：歇斯底里地哭泣；故意以一种很不方便的方式尿裤子；或者在没有任何刺激的情况下开口咬人——通常是咬她。）

简言之，我会尽力展示出我的偏见，同时表明可能还有其他的意见存在。

待手稿刚刚完成，我就请母亲坐飞机来到锡拉丘兹。她坐在后廊里读那些篇章，时不时传来一声大叫：“我可真是个混蛋！”这虽然会让我冷不丁吓一哆嗦，但是（我不得不坦白说）也让我感到满足。最后，她说了些触及我心灵深处的话：“我以前不知道你会有这种感觉。”

我还前往科罗拉多与莱西娅会面，展开我们所谓的“儿童虐待之旅”。在我故地重游的时候，她不停地飞速翻页，反复检查其中的事实细节。她如此狼吞虎咽地读完整本手稿，令我颇为震惊。“你到底是怎么记住这些鬼事情的？”她自愿打电话给我的编辑，对手稿大肆吹捧，并担保它们的真实。这与我母亲的做法如出一辙。

离这本书的问世还有几个月的时候，莱西娅忽然决定，她被我惹恼了，于是拒绝和我说话。虽然这是一个相当正常的现象，可还是拖了我的后腿。但我同时也想明白了，她会成为这本书每一位读者心目中的英雄，所以只要这本书一出版，她就能缓过劲儿来。

后来，一位作家朋友想出了一个办法，要把这本书改为虚构小说，剔除写她的部分，让我在书中成为一个独生女。不出所料，我母亲果然把这个构想传达给了我的姐姐，不久之后，出版商的律师便告诉我，我姐姐又打电话来确认这本书的准确性了。最终的情况是，她把书装在汽车后备箱里到处兜售，并对它狂加吹捧。

我还可以诚实地说，发表这个故事，在某种意义上将我们从过去的羞愧中解放出来。我那位美丽的、无法无天的、七十岁的母亲，收到来自陌生人的求婚；我的姐姐则在每一篇评论中都被冠以英勇之名。还有人写下，我那个酗酒成性的父亲如何变成了他们如今最喜爱的家长典型。

在我的家乡，这些更为灰暗的事实本来就已经是常识了，但是当把所有坏消息放在明面敞开谈论时，总有些东西让我们觉得更为解脱。可以将其视为一种厌恶疗法吧：我们似乎集体克服了母亲超过半个世纪以来关于自己是谁所说的谎言。当她在我们的地方图书馆举行图书签售仪式时，到场的人数超过了五百——包括她的老情人、远房表亲和我的一年级老师。从某种意义上说，我的母亲和姐姐迎接“朝圣”的那一天，比我得到的任何正面评论都更有意义——真真正正是一次人生的辉煌时刻。我感觉，那一天焚烬了旧日羞愧的余氛。

这种现象与我从汤亭亭那里听来的一个故事形成共鸣，那是我最喜爱的一则关于和解的故事。她的母亲难以相信，她竟然能够把自己从未经历过的乡村生活把握得那么传神。在她后来出版的书译成中文后，她的父亲终于得以一读。他边读书，边在书页的边白上重新作起诗来。中文书的边白留得很宽，以供批注点评，这也是昔日儒家传统的一部分。如果说汤亭亭在书中是在抱怨她的民族如何贬低女儿，那么他的父亲则是在书写一首赞美女性平等的诗歌。自从他离开中国来到这个国家在一家洗衣店工作以来，这是他写下的第一批诗，而汤亭亭的母亲更是把这些汉字绣在布上，保存了下来。

> 当我把他批注过的几本书捐给加州大学的图书馆时，我没有提前告诉我的父亲。他们举办了一场盛大的派对，在玻璃柜里展示了他的那些边白批注。他一整晚都站在那前面大声地说：“这是我写的字!”好让每个旁观者都能听见。

我把自己的手稿发给了十来位自己的朋友、心理咨询师和熟人，其中没有一个人表示异议。这可能更多的是由于他们慷慨大度，并不足以证明我的精确性，所以我觉得与其说自己是专家，不如说我很幸运。

下面记录了我与他人打交道的法则：

1. 提前很久知会对方，透露出可能让他们有顾虑的细节。到目前为止，还没有人对这些细节望而却步。

2. 不管再难忍受，都不要在写作过程中给任何人看你的手稿。你需要让他们看到你经过修饰后的最好的作品。

3. 就像休伯特·塞尔比告诉杰瑞·斯塔尔的那样：“如果你在写的是一个你恨的人，那么就抱着伟大的爱去写。”

4. 与上述几点相关：我从来不会带着权威的口气谈论别人的感受或者动机。我也许会猜测一下，但是我总让读者知道，那是我的臆测。我始终把注意力放在我自己的内心。

5. 如果某个人对于发生之事的看法与我完全相反，我会顺带提上一句，但是不会感觉有义务必须呈现。

6. 形容一个人的时候不要使用黑话。这既缺乏尊重，也是糟糕的写作。我从来没有说我的父母是酒鬼；我只是展现自己把伏特加顺着水槽倒掉的画面。你如何接收信息，就如何把它传达出来。

7. 让你的朋友们选择他们自己的假名。

8. 在写作的整个过程中，要随时着力思考你自己的观点——尤其是那些尖酸刻薄的观点——是否有可能是错的。如果有需要的话，及时改正。

9. 将你最亲密的亲友和棘手的素材凑到一起之后，你最好在他们阅读对他们而言也许很痛苦的篇章时与他们同在（可以在同一栋房子或者同一个小镇里，也许不要在同一个房间里）。

10. 我会砍掉任何有人矢口否认的内容。可话说回来，在我的家里，所有最糟糕的事情都早在我动笔写第一卷书之前就被家人互相坦承过了。

11. 让读者知道你个人的观点有多么主观。这是在以某种方式表达对你书中涉及人物的尊敬，因为他们也许不同意你的观点。

13 论信息、事实和数据

最有趣的信息都是从孩子们的嘴里说出来的，因为他们说出他们所知道的一切之后，就打住了。

——马克·吐温

大多数回忆录的最初几章都挤满了事实。事实就像写作中的肉与土豆，对于一餐是必要的，但缺乏内在的味道。没有人买一本回忆录——除了那些无人不晓的名人所著——是为了掌握某个人生命中那些冷冰冰的数据。绝大多数回忆录作家面对信息密集的第一章时，都会心生畏惧，纳闷到底如何做，才能在把所有那些背景数据塞进来的同时，让文章听起来不那么像洗发香波瓶子上的成分说明清单。信息化的写作会叙述，而不会展示。有些作家总能写出绝妙的句子，所以他们即使在交代背景信息的时候也能令人着迷。但在绝大多数情况下，信息都是一名优秀作家的天敌。它会将读者拽出场景之外，远离戏剧与鲜活的经验，让他们无从观看外部事件，从而赋以自己的解读。被灌输平淡无味的信息，就像听女学究说教一样难受。

虽然这么说，下面这类数据却是有必要挤进去的：

- 那时我十四岁，有七英尺高。
- 那场战争的损失提高了十倍，可高层指挥官却否认我们正在败退。
- 干旱持续了七年，摧毁了这个家庭。
- 他的父亲是一个银行家，他的母亲是一位家庭主妇。

有些事实蕴含着太多戏剧性或者心理上的趣味性，它们能够促发自然的好奇心以及想去了解更多的欲望：

1968 年，他拿一把史密斯威森手枪朝自己开了枪。

最富技巧的作家要么把事实打包成拥有这种心理趣味性的样子，要么把数据编织成具有感官性的场景，让读者可以在一种生理的层面上进行想象并参与其中。在这些书中，你通常注意不到你正在被灌输一连串的事实。它们像花椒粉一样撒布在其他的文字中——它们出现在你需要它们的时候，但在另外一些时候则隐而不见。

我自己打最初的草稿时，都是从整理信息开始的，然后我努力把那些信息驱赶出我的脑子，形成一段记忆中或正在发生的场景。我经常就我如何形成了一种观点来拷问自己。然后，与其呈现一个抽象的判断（“她是个贼”），我更愿意尽力重塑我得出这一判断的经过。“她是个贼”变成了“我用眼光进入那台电脑巨大的绿色屏幕里，在里面‘端坐’的网页上，我的钻石手链正在出售，角落里标示着莉迪亚的电子邮箱地址”。

也许，你会觉得有一些数据应该是脱口而出的，比如年份。但是你最好这么说：“在那年夏天的一则新闻里，我看到总统站在白宫草坪上的直升机前辞职。”这是用一种比较迷人的方式为读者们交代了时间背景是“尼克松时代”。作家们还有一种廉价的方式可以用来绑定特征，就是使用T恤衫上的标语和带有商标名字的衣服。我鼓励我的学生们投入比这更多一点儿的努力。要试着在一个人做过的事情中，找到一件独一无二的戏剧化标志性事件，而不是仅仅贴上一个标签。那种标签的意义只局限在当下的风尚里，再过五十年就什么意味都没有了。

关于说话者年龄和身材的数据应该保留。“站在橙色篮筐下面的我，是当时唯一一个举起长臂猿一样的胳膊就能擦到篮网的大一新生。”这句话说明了年龄、身材和篮球技艺，同时也勾起了回忆的味道。“我试图在新的校服里挺起身型，可是我皮包骨的手腕露了出来。”这一句增加了一点心理元素——自我意识。

在《安琪拉的骨灰》中，弗兰克·麦考特没有简单地描述他父亲的体格，而是提及了悬赏他父亲头颅的价格，然后在孩子的脑瓜里塞满了对于他父亲的脑袋被定价的思考。

> （我的父亲）曾为老爱尔兰共和军作战，由于某些极端行为，他沦为一个受伤的逃兵，被悬赏捉拿。
>
> 当我还是个孩子的时候，我会看着我的父亲，看到他稀疏的头发和败坏的牙齿，心想为什么会有人出钱买这样一个脑袋。在我十三岁的时候，我父亲的母亲告诉了我一个秘密：你爸爸还是个小男孩的时候，摔到地上，摔坏了脑袋。那是一场意外。在那之后，他就再也不像从前那样了。你必须记得，摔到过脑袋的人就是会有点儿古怪。

麦考特有一种天赋，可以把机敏的言语装入一个孩子的思维，这就意味着那颗父系的种子可以提供一个机会，来散播其他更加戏剧化的数据。他通过祖母之口，让我们听到了他如何得知自己父亲摔到头的事情。这预示这个家庭接下来将要面临的苦难，并许诺将有戏码呈现，刺激着读者的好奇心。在这个过程当中，他还为我们绘制了一幅那位老爸的感官式肖像。

乔治·奥威尔那本感人至深的《向加泰罗尼亚致敬》是一部描写西班牙内战的回忆录，同样也以一种微妙的方式将关键信息渗透到字里行间。他没有在开篇详述革命队伍内部的政治派系和冲突，而是把焦点集中在他与一位独行的意大利自由主义战士的邂逅。对那位年轻人的描写将这本书定格为一首歌颂农民的赞歌，奥威尔正是与他们并肩战斗，反抗法西斯，最后无果而终。书中的这一类形象有几十个，他是其中之一，文字向我们展示了他前来此地的原因。

> 他是一个看起来十分彪悍的年轻人，大约二十五六岁，有一头微微泛红的金发和宽阔有力的肩膀。他把尖顶皮帽拉得很低，遮住了一只眼睛。他站在那里，侧对着我，下巴挨着胸口，正皱着眉头，迷惑地盯着一位军官摊在桌上的地图。他脸上有某种东

> 西深深打动了我。拥有这样一张面孔的男人，可以为了朋友去杀人，或者牺牲自己的生命——你可能会在一个无政府主义者身上看到这种面孔，但他也有可能是个共产主义者……当我们向外走去时，他穿过房间走过来，紧紧地握住了我的手。奇怪，人们竟会对陌生人有如此深厚的感情！似乎他的精神和我的精神在瞬间跨越了语言和传统的障碍，心心相印，一见如故。我希望他也喜欢我，就像我喜欢他一样。①

通过揣度他究竟是一个无政府主义者还是一个共产主义者，奥威尔为我们呈现了左翼阵营中的分歧，为我们省去了阅读一篇无聊而冗长的政治专题论述的苦恼。他知道自己必须先让我们对人产生关心，所以便分享了一点他是如何关心起来的经验。奥威尔之所以是一个天才，就在于他相信，这一短小而奇诡的瞬间既然能够深深地打动他，那么只要把它足够真诚地讲述出来，也一定能深深地打动读者。

在每一本优秀的回忆录中，作家都在努力地以信息最初被感受到的本来方式呈现信息，与读者在他所在之处相遇——要么（像麦考特一样）借助机智的语言形式，要么（像奥威尔一样）通过戏剧化的场景，来反映出作家的内在价值与关怀。

---

① 中文翻译参考了李华、刘锦春译《向加泰罗尼亚致敬》（南京，江苏人民出版社，2006）。细节略有修改。

14 与虚假口音的个人斗争

“疯狂的人和理智的人之间的差异在于，”英兰对孩子解释说，“理智的人在讲故事的时候是有变化的，而疯狂的人只有一个故事，重复地讲来讲去。”

——汤亭亭，《女勇士》

我在别处曾详细交代过，我花了十五年的时间胡写乱作，先是诗歌，然后是小说，才终于“打通任督二脉”，找到一种适合我真正面目的口音，来讲述我的童年故事。在那之前，我在自己的笔下躲闪着读者，为关于我们所有人的情感真相裹上糖衣，这也是我们为净化自己的过去所做的全部努力的一部分，努力将自己改塑成一个更聪明、更敏捷和更风趣的人，超过残酷的现实能提供给我们的那个自己。

在我成长起来的那个年代，文学还专属于风流、谦逊和饱读诗书的白人们所有。而我则是一个彻头彻尾的蓝领，是一位在垃圾堆工作的王国加冕的公主——龙虾贩子、服务员、T 恤衫工厂的裁缝——还是一名经历过曲折过往的辍学生。在我出生地的邮编区域里，我敢打赌自己是图书馆里最忠诚的《纽约客》读者。约翰·契弗笔下那些在东海岸饮着纯苏格兰酒的大人物的传说征服了我。他们有自己的游泳池，把“夏天”当作动词来用，我也想听起来跟他们一样。可事实上，真正引发我认同感的著作，却是由像玛雅·安吉罗那样属于有色人种的作家写出来的。1971 年第一次读到安吉罗的作品时，给我带来的震撼不仅仅是：“你竟能写出这样的事?”甚至还有：“你竟能写出我们的事?”虽然她出生在黑人家庭，而我则生于白人家庭，但是我对她的世界观更加认可，胜过在契弗、萨林格和菲茨杰拉德等人书中那些或是开着高尔夫球车或是观看耶鲁球赛的那些打着活结领带的人。

在我短暂的大学时光里，每一次当我拿起手中的笔，这种磨人的无名的恐惧都会把我吓倒——后来我认识到，这是我对于真实的自我将会泄露出来的恐惧。一个人不可能穿着金属潜水服爬上一根脱衣舞钢管。我需要写出来的那些东西，要在文火中不停地煨炖翻滚，可我真正写在纸上的，无所不包，唯独缺少那些东西。事实上，我一直在绞尽脑汁地设计陷阱，期待着抓到一些理由来证明书写真实是不可能之事。我增加了心理治疗，并终日饮酒买醉。

在22岁的时候，我沉迷于那些曾经吸引过T. S. 艾略特的法国诗人。在与我同样的年纪，艾略特已经写出了《情歌》（*Prufrock*），还在索邦神学院研究哲学。而我和他不一样，一直把索邦读成“索尔伯恩”①。我和他还有一点不一样：我读那些家伙的诗，只能使用译本。读过阿瑟·兰波和查尔斯·波德莱尔②的传记之后，我努力给自己戴上一副放荡不羁的诗人面具。我穿着黑色的衣服，涂着猩红色的口红，并借来了母亲的旧贝雷帽。

我胡乱勾写着慵懒而模糊的诗歌，关于巴黎——一个我几乎从未涉足的地方——和一个被我丢在那里几乎记不起的男人。我在年轻时所作的那些诗，都点缀着经典的引文作为装饰，而被我引用的作家，我几乎都没有读过他们的作品——犬儒学派的第欧根尼有一句座右铭，“像狗一样生活”，（我以为）这正好符合我模仿派蒂·史密斯的那一副伪朋克假面。

我都写了些什么？想要发生关系，没能发生关系，发生了很糟的一次关系。想要一个男人离开，想要一个男人别离开，然后他离开了。在一首伪装人格的诗中，一位年老的赌徒，围绕斯特凡·马拉美在《掷骰子》（*Throw of the Dice*）中讨论的机遇之本质，发表了一

---

① 索邦神学院，法文为Sorbonne，而作者按照英语习惯读成“the Sore Bone”，英文对应的原意是“酸骨头”。此处一语双关。

② 阿瑟·兰波和查尔斯·波德莱尔，分别为阿蒂尔·兰波和夏尔·波德莱尔的法文名字按照英文习惯的读法。

番食古不化的演说。（在我们需要钱来买上学穿的衣服时，爸爸常常会出去掷骰子。）

试着找出这样一位诗人，他与我的差异，比他与艾略特——曾有评价说，他像一把卷起的伞一样紧——或保险经理华莱士·史蒂文森与端庄娴静的迪金森小姐之间的差异还要大。这会很难。他们是以实验性的扭曲和深奥的象征系统而闻名于世的诗人，善于在读者的头脑中锻造出紧张的心理空间。他们的口音也趋向于静默。处于类似一派的，还有纽约学派的奇才约翰·阿什贝利。他是一位油滑、自在而多产的“神明”，他酷炫的意识流令我“崇敬不已”。我专述他的批评论文写了超过一百页，那篇文章所讨论的诗人，承认自己的诗不可解读，而且压根儿就不在乎读者能不能读懂自己。这一整群诗人除了接受古典教育的迪金森之外，都在操纵着省略法与读者的情感储备。

相形之下，我却是一个野蛮不驯的美国半土著，混迹在摇滚俱乐部里，喝酒、蹦跳，深陷于我那个分崩离析、酗酒过度、全副武装的家庭的水深火热之中。

在那段时间里，对于我而言，坦白就意味着要模糊掉一切真实的记忆、抽光所有的感觉，最终，纸面上除了废弃的锯末之外，什么都没有剩下。“说出真相，但不必直截了当，”迪金森如是说，不要“裹满薄纱，让它难以露面”。正如诗人唐纳德·贾斯提斯所言，神秘与模糊之间是有区别的。当谈及真正的神秘事件，比如希拉里·曼特尔与鬼魂的遭遇，作家可以把她所了解的一切和盘托出，不必削减莫测之谜的力量；模糊则不过是出于懦弱而隐匿了本来需要揭示之物。

下面是从我 1978 年写的一首诗中摘取的片段，诗的题目是“文明与它的不满”——自命不凡地引用了弗洛伊德的杰作。这曾是我描写母亲精神崩溃的方式，她在那次崩溃中点燃了我们的玩具，并且举起一把厨刀来威胁我们。

1959年，几名医生用镇静剂制服了
一位得克萨斯的家庭妇女，把电极接入她的
太阳穴，拨开了电流开关。她的头发，
烧焦了，松垮垮地打着卷，她被头发围绕的眼睛
泛着惨白的绿色，木讷呆滞，被拍下了照片
在出院的时候。这
便是这位家庭主妇故事的结局
她曾在一条保龄球道上跳起弗拉明戈。
很难说清楚在多大程度上，她的
女儿燃尽了。她蒸发在
青春期和杜松子酒里，并成为
一个流言的受害者。

这里选用了粗暴的跨行句式和参差不齐的韵律，完全是没有理由的人性发挥，到处都是毛病，比如目中无人、无所忌惮的语调，其实更适合像莱特曼[①]那种爱开玩笑的傻瓜；还有糟糕的分行，我都懒得一一说明。没有任何数据表明，这个女人是谁，或者你为什么对此关心。另外，它也是完全不真实的。母亲从来没有在保龄球道上跳过弗拉明戈。没有人曾经做过这种事，也不会有人这么做——这足以证明我在虚构想象方面的局限。青春期和杜松子酒没有任何意义，它们只是一个姿态而已。可它是关于什么的姿态？谁知道这种姿态？我在青春期以后怎么样了？酗酒和厌世的情绪到底有多严重？

母亲做过太多比这些更加有趣的事情。她判定小镇超市里的帕尔玛干酪不值一文，于是把整个奶酪货架掀了个底朝天。当冰激凌车的音乐声把她从小憩中吵醒后，她掏出了手枪，对着那辆车挥舞。她有

① 指大卫·莱特曼，美国著名脱口秀主持人。

一套在巴黎设计的高级时装，而且还在我读小学六年级的时候，她就给我读了萨特的《恶心》（*Nausea*）。

可当我想直接讲述这些更为有趣的事实时，总好像自己的喉咙被掐住了一样，难以开口。更别提那些贯穿在我噩梦中的事件了，它们反复地把我拖入心理咨询师的办公室，可我就是写不出来。

如果写得足够隐晦模糊，我就不用冒任何危险。没有人能真正了解到底发生了什么。我曾在马尔文·贝尔的早期作品中听到过这样一句原话："我清楚自己是一个实验诗人。我的诗没有任何意义。"

艾瑟里奇·奈特——他在密西西比州和其他地方留有前科，膝盖上布满灰尘，手掌粗糙得可以划着火柴——在一场私人写作工作坊中，因为我提交给他的那些矫揉造作的篇章而责骂了我。早在诗歌朗诵会盛行之前，他就经常带我们来到酒吧，或者挤上拥挤的公交车，大声朗读。当你面对着东倒西歪的醉汉或疲惫不堪的通勤者时，你很快就会明白，自己那些絮叨的废话到底多么无关紧要。

那段时间，我深爱的爸爸正企图酗酒自杀。而在我的诗中，算是被艾瑟里奇看得上眼的一首，正是写了一条自杀的狗。（第一句是"狗啊，你别这么做"。）深深的悲悼像蓄电池酸液一样腐蚀我的内心，而这个滑稽段子，却是我能拿出来的最接近这种哀悼的东西。那时的我只会逃避，绕着来自家庭的那些让我困扰的主题不停打转，就快把艾瑟里奇给逼疯了。

我在一首题为《隐形人》（*Invisible Man*）的诗中，竟然真的假装自己是一个黑人，并且了解熵的科学定义。在另一首题为《双螺旋》（*The Double Helix*）的诗中，我就基因话题夸夸其谈，可实际上，我是通过阅读弗朗西斯·克里克和詹姆斯·D. 沃特森所著的标题相似的回忆录，才第一次听说还有这种话题存在。

然后，幸运如同闪电一般劈向了我。我误打误撞地听到了这个星球上围绕回忆录展开的最伟大的谈话。在二十三岁的年纪，我像一只被狠狠击打的乒乓球一样漫无目的地投身出去，滚入一个诗学专业的研究生项目之中——只有这一处愿意接收我这个没有大学文凭的人，但直到我证明自己不像看上去那么愚蠢（我可能从来都没那么蠢过）之前，也还只是处于试读察看的阶段。

我至今犹记得那个房间和那把灰色的金属椅子。我正是坐在那里，坐在那张椅子上，第一次听到吉奥弗里·沃尔夫读起了他那位骗子父亲的故事。佛蒙特州的八月很热。当他踱步走上那座轻型木制的讲台上时，有人关掉了吹着强风的落地风扇，好让我们能更清楚地听到他的声音。

吉奥弗里留着海明威式的络腮胡，穿着 POLO 衫。看起来，不管是在一个烟雾缭绕的爵士乐吧里，还是在一艘古巴捕鱼船上，他都能悠然自得地摆上玻璃杯，斟上马提尼。他的妻子是一位优雅的女士，没有人会不把她的看法放在心上。身为普林斯顿的研究生，吉奥弗里同时为《时尚先生》（*Esquire*）和《华盛顿邮报》（*Washington Post*）撰稿，可以说已经拥有了你所需要的一切资质，可他只把这些轻描淡写地披在身上。他相貌英俊、热情满满，但是眼里揉不进一粒沙子，而且似乎他最最在意的事请，就是把文字按照正确的方式写下来。在聚会上，他与大家分享价格昂贵的干邑白兰地，讲述引人入胜的故事，还会谈论爵士乐。

1978 年夏天，他在一间闷热的教室里开始朗读，房间里坐着不到一百名疲惫困顿的听众，大多是年轻的作家，还有他们还不到四十岁的教授。

但是从他开口朗读的第一秒钟起，空气中便飘来一丝宜人的气息。在各自座椅上昏昏欲睡的人们——其中最疲惫的是那些导师兼折磨家，他们一整天都在细读我们那些半生不熟的破烂文章——坐直了身子。我们的身体纷纷前倾。苍蝇偶然发出的嗡鸣都听得见了。

吉奥弗里拥有一把厚重的嗓音，但是他在读自己的书时，读得断断续续。你能看出来，他在读的同时忍受着伤痛。但他还是勉力向前，时而停下来喝口水，而听众中没有人动过一下。天啊，我几乎连眼睛都没有眨过。他正在向我展示一种我深知自己不曾拥有的勇气。他就像某个动作电影的英雄一样，开枪击倒了我一生都在对峙的敌人——家庭的谎言——他潇洒自如的风范不可名状，又不能不令我神往。那是一场英雄式的表演。而我愿意放弃一切来换取这种勇气，用同样的方式讲出我自己的故事。在他读完之后，听众爆发出一阵掌声。

你可知那是什么样的一批听众？里面有一群诗人，我曾像个哈巴狗一样跟在他们的身后团团转。（名字掉落预警：路易斯·格吕克、希瑟·麦克休、罗伯特·哈斯、埃伦·布赖恩特·沃伊特，连查理斯·斯米克也曾来访）。他们所写之物，都取自每个人的人生事件，配以不同的透明度，塑造出锋利的心理效果。散文作家的代表，则有理查德·福特、玛丽莲·罗宾逊和雷·卡佛。我之前一年在欧洲旅行时，旅行箱里正好拖着卡佛的第一本平装书。

吉奥弗里的兄弟托比也在场。他那时还没有动笔写《这男孩的一生》。而坐在他旁边的弗兰克·康罗伊，他的《停止时光》已经在《纽约客》上作为虚构小说摘录发表，成为一种小众的经典读物。有这些老师在身边，也难怪马克·多蒂和杰瑞·斯塔尔要加入我的队列，开始写起回忆录了。

研究生毕业后，我隐匿在一份电信商务的工作里，只在夜间写作，并尽可能地拿去发表，可是诗歌与我天赋的能力相差太远，我根本无法驾驭它们。

我在自己三十岁生日那天，结束了在旧金山的出差之旅，乘坐一趟夜间航班返回波士顿。在起飞之前，这次飞行因为一次炸弹威胁短暂地停止了一段时间。这让我有机会享用片刻的酒吧时光。我从自己那只便宜的旅行箱里搜刮出剩下的每一分零钱，全部花光，才晃晃悠悠地登上飞机，然后在回波士顿的途中，又把空乘“施舍”的香槟喝了个精光。那时，我的家中正经历一段黑暗的时光——什么时候不是呢？爸爸在得克萨斯的一家疗养院里萎靡凋败的模样，像幽灵一般让我难以忘记。他在年内就会死去，有一部分的我其实早就料到了结果。

飞机向东飞行，直奔初升的朝阳。而过去的整整一夜，我的手一直在笔记本上来回移动，几乎一刻也没有停下。一页接着一页，悲怆的泪水汹涌而下。我一直死死地攥住钢笔，等到凌晨放下笔时才发现，我的拇指已经受伤了。

刚回到家，我就倒空自己的行李箱，把笔记本摔在厨房的台子上。然后，我动手开始继续完成那份让自己头脑麻木的使命，却伪装自己在从事一份商务性的工作。如果我整晚都在散纸上乱写，那么我肯定会把自己写的东西丢到垃圾桶里。我当时就是觉得它如此不堪。

后来，我的丈夫阅读了这些文字。他虽然是一个矜持的人，却有着犀利的眼光。“我早就在想，你要等到什么时候才能缓过劲儿，把这些写出来。”他说。

只要想着让他亲眼看到那些粗糙的、未经打磨的文字，我都会觉得羞愧难当。几乎没有人的意见比他的更重要了——他既才华横溢又铁面无私，不会拘于献媚。而他喜欢我写下的东西。与很多出色的作家——包括我所有的老师在内——告诉我的一样，他也同样认为，当我使用第一人称写作时，笔下的文字就都活了起来。可是我之前总觉得，第一人称有点儿格局太小、力道太弱或者怨气太重。

不论如何，在他的鼓励和再三鼓励下，我重新拾起这些文字，开始肢解它们，寻找有用的语句、语言和语调。我从中提取出几首挽歌、几首抒情诗和叙事诗，以及几块后来用在《骗子俱乐部》中的散文段落里。

下面是一段关于我爸爸的选文。这比我之前写过的任何文字都好。可它听上去在情绪上实在太过直白裸露，如果没有我丈夫的怂恿，我绝不会把它投给一家杂志。

> 我所讲的是我所知的唯一的真相：
> 我为你快要死去感到无助而悲伤，
> 这个星球不会减轻一点重量，即便你
> 化成了灰……
> 如果佛祖所云是真，生与死皆为幻影
> 你总会在某个地方
> 作为现代的拉撒路①，从氧气帐中苏醒，
> 你可以启开一瓶隆斯塔啤酒，
> 或者如果你太累了，不想说话，就去把泥土刮一刮
> 从你的黑色工作靴上，刮落在门廊地上。

伟大的古罗马修辞学家们，曾为演说家们提过这样的建议：葬礼演讲应不加修饰，摆脱绚烂的比喻，剔除夸张的粉饰。然而在当时，我的这些措辞——现在看起来已经没有那么糟了——似乎太过简单，简直让我羞愧得抬不起头，甚至不能算作真正的文学。

作为补充，我多下了一些装腔作势的功夫。紧接在后面的一句诗，就援引了维特根斯坦——就像艾瑟里奇会说的那样，在乱踢乱叫中被我生拉硬拽进来。

---

① 拉撒路是《圣经・约翰福音》中记载的人物，他病危时没有等到耶稣到来就死去了，但耶稣预言他还会复活。四天后，他便复活了。

而若真如维特根斯坦所言，问题皆为语法，
那么我承认，我找不到一种句法，可以拔下
锁住棺材的钉子……

我现在的想法是：我的天啊。主题素材正在我体内沸腾冒泡，等着我来书写，可我却在叽里呱啦地扯着维特根斯坦。

此外，我把自己从小到大只叫“爸爸”（daddy）的那个人称作“父亲”（father），现在看起来也矫情得足以令人吃惊。可能我当时觉得，叫他“爸爸”有点儿太像西尔维亚·普拉斯了。

* * *

在那些年的剑桥，小说似乎才是女人们心驰神往的伟大文学形式。几乎所有我钦佩的女性——托妮·莫里森、莫娜·辛普森、艾丽斯·沃克、苏·米勒、苏珊·米诺特、爱丽丝·门罗、蒂莉·奥尔森、乔伊斯·卡洛尔·欧茨、玛丽莲·罗宾逊、谭恩美——都在写虚构作品。所以我也同样开始着手写一篇小说。可我对小说有什么了解？我只知道它允许伪装而已。

那么，我对于现实都做了哪些改动呢？

首先，我让自己变成了一个独生女。这足够教训把我从乡村俱乐部的宅子里丢出来的姐姐了！其次，我那个邋里邋遢、像涂鸦一样生活的酗酒的母亲，摇身变成了一位芭蕾舞演员——窈窕、自律、梳着整洁的发髻。再次，叙事者（也就是我）早熟得一塌糊涂。她美丽、高贵又充满智慧。她十二岁的时候就已经会做微积分，还在当地的疗养院做义工。她可从来没咬过任何人！最后，我确保我们家像一个正常的家庭一样，运转良好。

当小说中的爸爸中风发作时，母亲和女儿整夜守在医院里，睡在椅子上。而实际上，那天晚上，我们为了母亲的生日惊喜派对把他一个人丢在医院，在派对上喝玛格丽特酒喝得大醉，后来我还开车撞到了他的猫（没有致命）。在小说中，我们详细地讨论了保险方面的麻烦，母亲也并没有威胁我说，如果我不能解决她的赔偿问题，就开枪自杀。小说中的母亲反而安慰悲伤的女儿；而我真实的母亲则更像是一个饲养爬行动物的主人，无精打采地敲一敲玻璃橱柜，好看看我死了没。

小说的语调和口音，是下面这样的。

> 在我十六岁生日那天，我母亲赠予我一副来自法国19世纪的歌剧望远镜——这只镀金双筒望远镜小小的，可以藏入镶着珍珠的晚礼包。这份礼物或许会引起你的误会，以为我们生活在一个与我们之前所在不同的世界里，出入歌剧院是家常便饭，上下出租车前有门童为我们撑伞。

即便小说在第一段就对歌剧望远镜加以否定，声称它并不能说明我们是谁，但它们还是为这本倒霉的书开了头。而正如弗洛伊德所说，在无意识中，并不存在否定词。甚至连文中的措辞——用赠予（presented）而不用送给（gave）——也是对我本来说话方式的一次生硬置换。

但是那副望远镜可以在现实事件中追到源头。爸爸曾把他的旧军用望远镜送给我。然而到了小说里，母亲却想办法送出了一件女子气的镀金小玩意儿，这不仅和爸爸的军用望远镜反差鲜明，而且与我生长环境中的完全闭塞的得克萨斯氛围极不协调。另外还有一点不可忽视，就是送这副望远镜的人，变成了那个远不如真实母亲有趣的母亲，而不是那个可上九天揽月的爸爸。真是神圣的“愿望满足”啊，西格蒙德①。

与此同时，我对自己的人物形象描画可谓相当漂亮，正如下面这

① 即弗洛伊德。“愿望满足”是弗洛伊德在讨论梦时提出的理论。

段文字描绘的一样。我在此处正进行着老套的双重视觉练习，透过镜片看到下面这样一片伊甸园般的景致。

> 楝树上的北美红雀啄食着一颗苹果大小的绿色莓果。一只蜻蜓与一朵白衣茉莉邂逅了，轻翅婆娑，微光闪烁。变色龙在树枝上贪睡，好像微型的恐龙。

我用心搜刮着美丽的事物，用来掩盖生我养我的那片粗糙的工业化土地，那里以丑陋闻名，霸占地头的是毒蛇、短吻鳄与蚊子。我究竟抵住了多大的诱惑，才没有把幸运星麦片广告里那位戴着一顶圆礼帽的小个子爱尔兰人请进我的故事？事实上，我和大自然唯一的一次接触，是提着一杆猎枪去谋杀动物。

我这种写作到底出了什么差错？错在我没有与任何人产生互动。没有行动，也没有故事。我似乎只是想讨人喜爱地展示一副林肯时代的长柄望远镜而已，除此之外再无其他。

但这不是在发挥我的长处吗？诗人所擅长的，不正是描写东西吗？我难道不应该尽可能多地这么写作吗？这都没错，但前提是，描写要有助于推动故事的发展，或者揭示某些心理内容。描写，是衣服上的零件，是花纹，是装饰。

又过了五年，到了1991年，我把这本小说发给自己参加的那个嗜酒如命而雷厉风行的作家小组，这个小组以其将人惹哭的能力著称。我直到现在都还留着斯文·伯克茨和罗伯特·波利托（是不是还有刘易斯·海德来着？）返给我的速写笔记。他们耐心地说："试着把它写成回忆录。""你的文章不错，也许写成非虚构文学更好。""修剪！！"

回首往事，所有的箭头都在瞄准一个不停闪烁的霓虹灯指示牌，上面写着"回忆录"。就像伊丽莎白·哈德威克在罗伯特·洛威尔发明自白诗之前告诉他的那样："为什么不把发生的事情直接讲出来呢?”

我为第一本回忆录打造的口音，来自于我一生的阅读经验。那正是由我母亲一手栽培起来的。她是一个艺术家和历史专家，在她的床头，立着一座摇摇晃晃的书塔。她聪明、机智，是一位妙语大师，却讲不好一个故事。

而我那位沉溺于酒吧的爸爸，说起话来，口中却跑满了比喻性的语言。如果一个女人拥有丰硕的臀部，他也许会说：“她的屁股就好像两只斗牛犬在一个袋子里打架。”信不信由你，这句话是一种正面的赞美。

这一类言语的流动在我的脑海中自然地湍行，为了避免受这种语言所累，我在自己的小说里，已经试过让自己听起来像个软绵绵、毛茸茸的牧羊女小波比了。

爸爸说话的方式将成为我解锁这本书的钥匙。在我们这个由爱读书的女性占领的家庭里，爸爸简直是一个家庭内部的流放者，可是他却解决了我所面临的最大的文学问题。他是我们整个县内酒吧和赌馆里充满传奇色彩的讲故事的人。在上大学的时候，为了应付人类学的功课，我甚至还录制过他讲过的一些传说。可是他讲话的方式太独特了，我根本不需要去听那些磁带，那些故事一直在我的神经之间嗡鸣不止。

说起来有点反讽，正是让我花了好一段时间试图凌驾和超越的乡巴佬口音，最终竟然像热铁烙在肉食牛的屁股上一样，给我的作品留下不灭的印记。如果不是借用了爸爸的口音——要是没有我生长之地的粗劣和污秽——我的写作将如同把一只手绑在身后单手打球一样，终究不得解放。

在电闪雷鸣的时刻，爸爸也许会说，“这雨下得就像一头母牛在一块平整的岩石上撒尿一样。”这句话无论在何种意义下，都可以视为一句诗。鲜爽的意象略微有点儿震撼的效果。它把你迅速地拽出日常的世界，站在情理的边界外舞蹈，正如诗歌一样。另外，在你被它逗笑的一瞬间，你便也成为了说话者这句冒犯性言辞的间接同谋。这将你与叙述者捆绑在一起。你已经被收买了。（同类的收买也发生在一切超奇幻的前提假设之中，想想乔治·桑德斯讲过的“狐八”的故事，从你认可这个故事是由一只狐狸所写的那一刻起，你就已经在某种意义上被叙述者绑架了。他重构了你的信仰系统。）那一行单句还开启了一种全新的世界，在那里，母牛在平整的岩石上撒尿，而人们围站在四周，为之惊叹不已。

隐喻可以帮我们为经验赋予血肉，并像我父亲说的话一样，让语言拥有一种质地。在大萧条时期穿过货车裂缝的一阵风，就“像一把锋利的剃刀”。

他有一种捕捉事实细节的天赋，并且对人类身上的喜感有一种执迷的关注。在尚未喝得烂醉如泥的时间里，他是一位非常敏锐的观察者，拥有校准一幅发光图的本事。随便停在一个红绿灯前，他都可以仅仅因为看到一个骑着摩托车的大胖子压瘪了轮胎而笑个前仰后合。他爱吃五花肉，喜欢抽未经过滤的骆驼烟，能生吃洋葱。他会拿外部的证据——完全是想象出来的——为自己的故事申辩，而故事中的闹剧和暴力元素之所以能够吸引你，全凭那些栩栩如生的描画，而这正是一个富有敏锐感官的人所擅长之事。

但最为重要的一点是，爸爸热爱着他故事中的人物。那里面当然有一些是滑稽的傻瓜，然而他的爱意如阳光一样，照亮了他讲述的每一个传说。我也听过很多其他人在酒吧里卖弄吹牛，可爸爸与众不同，他非得被人哄着才肯开口，而且从来都没有讲过那种设计出来贬低别人的故事。他经常拿自己呆头呆脑的陈年往事开玩笑，比如有一次在市集上，他的兄弟们说服他参加了一场和袋鼠较量的拳击比赛，结果被袋鼠结结实实地踢了屁股。我曾希望他这种谦顺友爱的态度能够为我自己的视界打好地基。

不管我从爸爸的语言和态度中学到了多少，我心里依然清楚，真正属于自己青春的口音，必须要容纳我在脑中纠结与遐想的那些时间。有时候，我会觉得自己的内心生活比外在更加强大——我猜，我的构造就是这样。所以，我的口音不能是单纯对他的模仿。有各种各样的事情，在他看来是不值一提的，而我却不得不谈。文学征引和心理治疗只是其中两个例子。不过，要想把所有这些都打包在一种语言习惯之内，就意味着要维持一种稳定的口音，并在向前展开的同时，承认自己在故作腔调：

> 我那时二十多岁……喜欢称自己为一个诗人，还养成了阅读经典文本的习惯（当然，是读译本——我是个懒惰的学生）……（我曾经）整天穿着黑色的衣服，在我母亲家中灼热的前廊阅读荷马（或奥维德，或维吉尔），等待着有人过来问我，我在读的东西是什么。从来没人问过。人们会问我，我在喝什么，我长胖了多少，我在哪里住，还有我结婚了没有，但是没人给过我一次机会，让我可以发表自己那套论述伟大文学的演说。

前文提到的我在小说开头胡编乱造出来的歌剧望远镜，最终还原了它在现实中本来的样子：军用战地双筒望远镜。下面一段对它的描写，所使用的口音更具有时间和空间上的鲜活感，表达出了羞愧与恶意，插入了逸事，并呈现出一种空间感：

> 我单步穿插，绕过背后掩护①，把（军用望远镜）架在眼前。透过我们家栅栏夹板的缝隙，我可以看到邻家的米奇·海因兹正把胖胖的膝盖跪在地上，在尘土中推着他那辆玩具卡车。我

① 此处的单步穿插、背后掩护，都是篮球术语。

> 再也没法问心无愧地面对米奇了。我曾让他吸过我们卷在厕纸里的雀巢伴侣……他的（舌头）被烫伤得太严重了，就跑过去给他的母亲看，完全没有考虑到他和他们家所有人属于禁烟、禁舞的教堂人士。海因兹夫人拿一把塑料刷子狠狠地打了他的屁股。我们就蹲在海因兹家卫生间的窗子下面，听到了全部过程——那个塑料刷子拍在米奇胖乎乎的小屁股上的啪啪声，还有他像女妖一样的嘶叫……我那时多么渴望爸爸的卡车能突然冲进车库里去。

这个场景，我竭尽所能地把它原汁原味地还原出来，是以我当时还是个孩子时所用的语言讲出来的。这其中包含着一些与人物性格相关的数据：我自己心情不愉快时，就去拿米奇·海因兹开涮，但至少还会对此感到有点儿内疚。另外，我身处一众孩子中间，他们为我提供了在后来遭遇戏剧化事件的可能性。这个场景涉及一些内心生活和一则逸事，而爸爸也最终在结尾处现身了。

我光是写《骗子俱乐部》的第一章，就花了九个月的时间，那是艰难、恼火、精神高度集中的九个月，从本质上说，其实是用来打磨口音的时间——就像一名钟表匠的精细操作一样，反复推敲句法和措辞。在此之前，我还曾尝试把这本书中的事件用小说及诗歌的形式讲述出来，如果连花在这上面的工夫也一起算上，我甚至可以说，合成那种说话模式，花费了我大约十三年的时间（如果把接受心理治疗好让自己鼓起勇气的那些必要时间也算上，就有十七年了）。在那九个月里，我都做了些什么呢？基本上，我就是在纸上来来回回地摆弄文字。每天凌晨四五点钟左右，我趁儿子还在睡觉的时候爬起床，然后开始工作。我得试着用一种方式讲一件事，然后用另一种方式再讲一遍。如果某个段落看起来还算有点儿像样，我就会把它剪下来，贴在墙上。

为了听起来真实，口音不得不保持稳定一致。语调是可以变化的，但是用词和句法必须时时匹配。读者必须相信自始至终都是同一个人在说话——当然，这只是一种机关而已。你听任何一个人说话，时间一久就会发现，她说话的方式一直在变来变去。绝大多数的口音都是本能地聚合而成的，可我却找到了一些细微的规则，命令我的叙述者坚守不移，虽然“在自然的情况下”我自己仍会用各种不同的方式说话。

比如，我有意识地用介词为句子结尾。“那里有个救生员，在那年夏天，我们有一半的时间都在抬头看他的泳衣，漏了个洞在腿上。”（There was a lifeguard whose bathing suit we spent half the summer looking up the leg hole of.）这句话既符合语言习惯，又口语化。它对正规的语法不屑一顾。可是你不能在写出这样一个句子之后，又在下一段里把句法扭转过来，好让它听着“正确”起来。请看：

> 说出“就是那扇黄色的门，我们上次从那里穿过”（It was the same yellow door we'd gone through）的可怜人，与说出下面一句话的人绝不是同一个：“这正是我们曾穿越过的那道黄色的门。”（It was the yellow door through which we had gone.）

在用词习惯上，也必须保持前后一致。所以我始终把我的母亲唤作“母亲”——而不叫“妈妈”“妈咪”或者“妈”，且不管那是不是“事情发生时真实的情况”。改换我对她的叫法，总会标志着某种心理上的变化，我就不得不停下来解释一番。所以我干脆挑了“母亲”这种叫法，一以贯之。

讨论口音的“发现”像是一套陈年滥调，可那种感觉真的很像是一次“抵达”。口音正如隐藏在米开朗基罗石头中的天使一样，固定不变，就在那里。为了准备申请提案（我被告知需要写出一百页的样章和一个大纲），我花了大约九个月来“研制”第一章，在这段时间里，我逐渐掌握了如何安放语词的位置。同时，一种明确的叙事顺序也浮现出来——主要按照时间顺序展开，只在开头加入一些预叙。

虽然不是一朝一夕的工夫，但也不过是几天的时间，我经历了一次深刻的心理变迁。我头脑中的意象，突然可以在纸面上用文字呈现出来了。而伴随这些文字出现的，还有一种意识的状态。那种感觉就好像我走进了内心的某个房间，过去的经验穿堂而过，便以语言的形式现身而出。

口音不仅是作者与读者之间正在生效的契约，还诡异地把我与真诚坦率绑在一起。杜撰虚构会以某种方式打破口音施于我的魔咒，哪怕只是使用一个假名字，也好像是在我和过去之间夹入一片透明的玻璃。我不得不使用真实的姓名和描画来完成整本书，然后再使用全文的查找替换功能。这就是很怪。

不管一个口音的来源如何——是自我催眠、内心安宁，还是海明威的灵魂说的“写一句真话”——它的到来都将颠覆全局。我实在不清楚到底是心中的变化捕捉到了口音，还是相反。总之，我感觉自己本如一头步履沉重的公牛一般拖着前行的马车，一时间竟突然安装了一个马达，在路上飞驰起来。稿纸也开始越摞越高。两年半以后，我已经写完后来送印的全部草稿——几近完成，只待付梓。

15 论书的结构与信息的顺序

你想变得伟大吗？那么就先学会存在。你想成为庞大而高耸的建筑吗？那么就先想想谦逊的地基。你的建筑越高，它的地基就要打得越深。

——圣奥古斯丁，《上帝之城》(*City of God*)

说起书的基础构架，我在自己的三本书中都使用了同一种策略：在开篇投以一瞥预叙，展示出在整本书的推进过程中，我在情感上投入的最大赌注是什么，然后再把故事按照线性的时间展开。

我并非建议每个人都采用这种构架，但我想说，你在开动前一定得押上自己的情感赌注——为什么这份事业会引发你的热情，而风险又藏在何处——越早越好。我从康罗伊和克鲁斯那里偷师的预叙结构（还有成千上万个讲故事的人也采用了这种结构），之所以能够经受住时间的考验，被尊奉至今，原因即在于此。它就像坐在棺材上讲述一个关于死亡的故事，只不过在我这里，是关于重生。

年轻的作家们常要求我帮他们安排故事中信息的顺序。但其实已经有一种行之有效的方法了，你不妨亲自一试。想象自己在午餐桌边坐下来，把这个故事讲给一位好友听。这样一来，关于什么信息该出现在什么地方，对你来说便不成问题了。

通常而言，大的故事似乎都十分简单：我是个圣人，而他们都是混蛋。如果你更冷酷无情一点儿，也许会发现这个故事更像是：我严重地惹恼了他们，于是他们变成了混蛋；或者，他们绝大多数时候是混蛋，但跟他们在一起有很多乐趣；或者，他们是如此地令人厌烦沮丧，没法不变成混蛋，真是可怜的杂种；又或者，我们轮番变成混蛋……（我总是跟学生们开玩笑说，我写过的所有东西，最初的形态都是：我很难过。完。玛丽·卡尔作。）

书中除了有重大到几乎可以大写的覆盖整本书的故事（比如，我通过在原始太平洋小径上的远足，接纳了自己成为孤儿的命运），还会有一些相对较小的故事或逸事——比如我和小跟班一起偷西瓜的那件事。如果你让自己把那些更小的逸事或故事讲出来，那个贯穿全书的大写的故事也迟早会浮出水面。

16 通往地狱的路上铺满了夸张

切莫挥舞你的假肢
于他人的头顶
切莫敲打你的盲杖
于饱汉的格窗

——兹比格涅夫·赫伯特，《我思先生反思受难》
(*Mr. Cogito Reflects on Suffering*)

为了让有心习艺者能够透彻地理解我之前说的话，我不得不再强调一遍：最糟糕的事件或者最辉煌的胜利，并不能成就最好的书。成就好书的，可能是感受最真实的事件，或者某种由热情促成的对口音与故事的巧妙糅合。很多人都曾战胜过比我所面临的困境难上百倍的苦难。我出生在这个世界上最富有的国家，父母都有文化、有工作，还有自己的家。有些人则生在僻远的古拉格劳改营，天生就有脑损伤。同这类人所承受的苦难相比，我的苦楚无异于九牛一毛。

抱着卖掉更多册书的愿望去炮制作品，就意味着你绝不能向自己经历过的那些磨难致敬，虽然福克纳也许会说，那都是你现实生活的邮票。如果你真的相信，自己内心深处的感受足以为你的情绪反应进行担保，那就请努力把过去本来的样子写出来，以此向它致敬。有时候，真正的痛苦甚至是肉眼难以觉察到的。小时候，每当我看到我母亲的嘴抿成一条直线，听到她开始用洋基口音讲话并摆出僵直的姿态时，我就知道她喝醉了。在我努力想办法阻止一场如脱轨火车般朝我们袭来的混乱时，我的脑子里像进了一只老鼠一样，一阵乱抓乱挠，真是折磨人。把一个小小的外部刺激置于一个孩子无能为力的身体之中，就可以为读者提供一种动态的经验。

反之，如果你自己和你的经历显得极其古怪，就会把读者推远，让他不能再与你形成共鸣，也无法身临其境于你的经历之中。

有些作家的天赋恰恰在极其古怪的领域内才能发挥，但那是极少数。我本人的能力似乎与现实联系得更紧密，而与超现实相对疏远。所以，我会努力把奇怪的事物正常化，好让读者容易接受。

17 盲点与虚假自我

我们把某些特定的压力加诸你们身上，好让你们不得不奔向属于自己的最高舞台……但我希望的是，在那些压力之下，你们能把所有虚假的“你”通通抛下——那个因袭模仿的“你”，那个过于聪明的“你”，那个一直“躲避”的“你”——回归那个（有时候，一开始会感觉令人失望的）野兽，“真正的你”……真正的你是你拥有的全部，所有其他的路都是假的。如果足够幸运，真正的你会因为最终获得了你的认可而欣喜不已，把独创性拿出来回报你。

——乔治·桑德斯，艺术硕士毕业致辞于锡拉丘兹大学，2013 年

大脑是回忆录的心脏。它是一台盖革计数器，你可以拿着它搜遍记忆的地图，寻找珍贵金属。心理上的自我觉醒和对于真实之力的信仰，让你有勇气道出你发现的一切，而不管这会不会让你看起来虚荣、阴险或者可恨。

每一位回忆录作家的虚假自我都会轮番上阵，前仆后继地把自己糊在他讲真话的嘴上，阻止他说出关于自己是谁的更加骇人的事实。尽可能地直接从那个唯一的“真实”内核出发，凭自己原初的能力写作，自然能让笔下的文字统一起来，不然，则会出现各种各样的前后矛盾，让人读起来感觉就是在假造。

基于你在自己心中所愿成为的样子而做出的虚假判断，会把你领入一个陷阱，口音会在那里扭曲分岔，而撷取的细节也都夹杂着假音。试着想象一下，海伦·凯勒没有以一个盲人的视角写作，而是装成一个近视的女孩；玛雅·安吉罗则把自己改造成一个身患截瘫的孤儿，或者一个能在种族隔离的南方瞒天过海的浅肤色黑人女子……行了，你应该能够看到，原生的力量将如何从她们的故事里流失殆尽。

回忆录作家最初信以为真的真相，有很多都会变异成完全不同的

样子。所以再说一遍：不愿意道歉或改变自己想法的人，就是无法顺应那种流动性的心理状态，可只有那种心理状态，才能帮你发现真相。

你以为你对故事已经了如指掌了。它就像你脑子里的一座宅邸，只待你描述出每一个房间，可几乎与我交谈过的每一位回忆录作家都会发现，那些房间的墙壁一直在他们的左右换影移形，发生毁灭性的地震和与板块运动强度一样的变迁。或者说，记忆就像一只在不停摇晃的雪花玻璃球，雪片遮掩着球中的事件。

多年来，吉奥弗里·沃尔夫一再声称，他在不经意间把自己的老爸塑造成了一个比他本人更加潇洒的黑帮形象：

> 用一种夸张的眼光来看待我的父亲总是会更方便一些，比如说他格外下流或者热爱犯罪。但这些让我赖以成名的东西，并没有精确地传达出我的情感。

托拜厄斯·沃尔夫在动笔写他的越战回忆录之前，发现他给自己母亲写的那些信——在他的记忆中温柔且镇定，以期减轻母亲的忧愁——实际上夸大了他所面临的危险。

加里·施特恩加特直到写作他那本引人入胜的《小失败》（*Little Failure*）时才逐渐意识到，自己其实一直都是个孝顺的儿子。可在家族传说中，他却是一个忘恩负义的逆子，给他的父母带来了无尽的悲苦。

当然，不管是不是回忆录作家，每一个探索过去的人都会有意外的发现。我在写第一本书的十年之前，曾当面质问过我的母亲，爸爸为什么会对她不离不弃，一直默默忍受她对自己挥舞武器与大发雷霆。她说："他是为我感到难过。"她说出这句话的一瞬间，我便知道这是真相了。虽然我一直都相信她在他们的婚姻中掌握着所有的主动权，可这个信念却于一朝颠覆。他的沉默并不是一种无助的表现——

那甚至都不是爱，只不过是怜悯而已。

当我们动手拆解我提到的那些原声录音时，我们几乎总会陷入麻烦之中。把我们骗得最苦的，正是那些在头脑中盘踞了几十年的想法：我很坚强，我被骚扰了，我很丑。在施特恩加特的《小失败》里，他的父母总是说他长得很丑，所以，当在这本书（我曾读过出版前的手稿）的封面上所印的照片中看到一个身材修长、黝黑帅气的长睫毛男孩时，我才会感到惊讶万分。可是他的神情却如此阴沉，堪比末代沙皇那患了血友病的皇子！见鬼，总被人骂成长得丑的人，谁的脸上会没有这样阴沉的表情呢？当然，对于回忆录的写作，他的外表看起来是否丑陋并不要紧，只要他感觉如此就够了。

不管你多么竭尽全力地去探求真相，人类的自我总还是一个在低处爬行的鬼鬼祟祟的混蛋，而且基本上对每个人来说，学会与真正的自己相处，都是一场贯穿一生的精神磨难。即便是最为直率坦诚的人，在努力把自己呈现在纸上时，也会因为担心自己最终变成的样子而陷入深深的困扰。你能期待的最好情况，就是在发现每一张遮在你眼前的面具时，都可以把它撕掉。

* * *

关于我们自身或者我们所讲的故事，总有某个（或某些）核心方面是必须隐匿起来或矢口否认的：这是我们每个人为自己滋养的一种个人恐惧。在我编辑过的每一份手稿中，即使这手稿出自相当成熟的作家，作家竭尽全力所隐藏某一特质，往往正是关于自我和故事最不可否认的一个方面。你总能误打误撞地闯入某些场景，搞砸对于过去的美妙定义；而每一次态度的整体转变，实际上也都相当于在你所立之处重写了你这个人。

即使在最伟大的作家所写的书中，你也能发现可以整个跳过而不读的章节，因为这些章节感觉就像在情感上绕远路。书中之所以会出现这样的章节，是因为作者的自我具备某些闪光的方面，经过这些章节的打磨润色，才能熠熠生辉。纳博科夫把《说吧，记忆》的第三章献给了他的家族所有的地产、纹章和光鲜的先祖，那些七七八八的男爵和霸气外漏的伯爵。即便他从未彻底承认，但这正是他在私下里引以为傲之物。稍有一点点虚荣是可以理解的，可我们也不妨看看，这一小段文字，到底有多么乏味无聊：

> 在这片区域更远的地方，有另外两处房产属于巴托沃：我的叔叔维特根斯坦·德鲁兹诺塞利王子就住在希维尔斯基火车站几英里之外，而我们住的地方就在距离他们家东南方向六英里处。

不客气地说，他这就是在赤裸裸地卖弄。后来，他还在不经意间透露，卢卡叔叔在 1916 年给他留下了几百万美元的遗产。而且他还声明，他对于苏联政府没收这份正当的遗产所怀有的怨念并没有持续很长时间。但是他对于这种视金钱如粪土的立场强调得太过用力，让我始终难以消化。

> 下面这一节不是为普通读者而写的，而是为特别的白痴而写的，他因为在某次破产中失去了一笔钱，就以为理解了我……我患了这么多年的思乡病是对失去的童年的一种过度膨胀的感情，不是对失去的银行支票的悲伤。

问题在于：要想让这位读者更容易感受到他的真诚，他本该坦白地承认自己对于失去财产的不满。谁又不会呢？在这一章的末尾，他就又返回到一个美丽的梦境之中了。下面这句话说起来让人颇觉欣慰：即便是《说吧，记忆》这样的盖世杰作，也受到了足有一章之重的拖累，这一章让我们察觉到，纳博科夫在炫耀着他显赫的家谱，却不肯承认。玛丽·麦卡锡在《一个天主教女孩的童年回忆》中也犯过类似的毛病，用整整一章来讲述她在一场校园剧中扮演的角色和她对于拉丁文的精通，以这种方式指出自己的聪颖过人。我的学生们对那一章总表示相当厌恶。在这方面，海明威也不能幸免。他在《流动的盛宴》（*A Moveable Feast*，1964）中特意选入了一段据称是讨论F. 斯科特生殖器大小的谈话，而这段专述似乎狡猾地嘲笑了菲茨杰拉德①。

有篇书评说，在《重生之光》里，我对自己孩子父亲的描述太过谨小慎微，让他看起来像个平面人物，跟宾恩公司（L. L. Bean）产品图册上随便哪个白人模特都没什么两样。曾有人问我对这个评论是否介怀。我的回答是什么？如果我能写得更好一点，就会让更多的读者满意了。写有关他的事情，对于我是一种折磨，所以那些段落确实比其他部分感觉更弱。

伊丽莎白·吉尔伯特备受喜爱的《美食、祈祷和恋爱》(*Eat, Pray, Love*) 在大多数地方都展现出审慎与坦诚的完美融合，唯独在涉及离婚的部分，我认为她也没能免于犯错。例如，她爽快地把婚姻的失败归咎于自己，把不想要孩子的责任也揽在自己的身上。她明确声称离婚的原因太过私隐，于是拉了一幅窗帘遮住那些事件，而丝毫不显忸怩。对于这种窗帘，我是很尊敬的。

可是，就在这之后，她却用相当可观的篇幅详尽地讲述了她的丈夫在划分离婚财产时讨价还价的各种细节。这难道就不算隐私吗？她首先提出，变卖所有的东西，然后两人五五分家。“要是所有的财产都归他，所有的责任都归我，可该怎么办?”

> （他）还索要一些我甚至从来都没有考虑过的东西（我在结婚期间所著书籍的版税股份，我的作品在未来可能翻拍成电影的

---

① F. 斯科特和菲茨杰拉德都是指F. 斯科特·菲茨杰拉德，美国作家，海明威好友。

版权购买费用的提成，还有我退休金账户的分成）……这会分走我一大笔钱，可如果上法庭争夺对峙，还要浪费更多的金钱与时间，简直就是个无底洞，更不用提对于灵魂的腐蚀了。

说句公道话，除了报道战争之外，书写离婚大概是一名回忆录作家所能体验到的最困难的工作了，我自己也不能比她写得更好。可话又说回来，她不惜笔墨地详尽列举了前夫提出的所有不公平要求，而那笔资产的来源，她却从未让我们知晓。那些钱对于一个生活在纽约的自由作家来说，可不是一笔小数目。她炫耀自己拥有一间公寓、一栋城郊的房子和一个退休金账户。她在售书旅行中带上一位朋友做伴，并负担其旅费。哪怕仅仅加一句“我刚刚继承了一大笔钱”或者“电影版权让我大赚了一笔”，也多少算是有个交代。这对于那本书漫长的旅途而言，只是一处微小的颠簸，但它再次证明，即使是我们之中最优秀的作家，也会时不时地迈错脚步，把本该藏在心里的东西摆出来，但却掩盖了读者真正需要的东西。

我们更为常见的一种失误，是错过关键的场景。谢丽尔·斯特雷德在《涉足荒野》几近完成的时候，才想起两个在心理方面至关重要的场景——你读了她的故事就会知道——你很难相信，如此要紧的场景竟然在之前被忽略掉了。

在第一个场景中，她和自己十几岁的弟弟被迫射杀了已故母亲的爱马。在斯特雷德踏上远足的旅程之前，她心爱的母亲突患癌症，在病痛中匆匆离世，留下了一匹衰老的坐骑马，名为“淑女”。斯特雷德的继父，曾经是一个非常棒的爸爸，在她的母亲去世后，很快就翻过了这一页，甚至还请一位新女友住进了斯特雷德儿时住的房子。他许诺说，会请一名兽医过来，把这只动物“送走”。

圣诞节前夜，他离开了家。谢丽尔和她的弟弟——她那时二十岁，而他只有十八岁——最后一次回到家宅，发现那只瘦骨嶙峋的动物正在雪地里瑟瑟发抖。她最近还在电话里跟我说起过这件事：

> 我的心都碎了。杀死那匹马，简直跟杀死我们自己的母亲差不多。它就像她的神一样。

那是一个让人心如刀绞的场面：“子弹从淑女的两眼中间射入，正中她头顶那颗白星的中央。”然后，两个孩子把她留在原地，待鬣狗来把它的尸体拖走。

作为一名作家，这里最吸引我的一点，是她如何在一个闪念之间，便捕捉到了这片记忆。当时，她正在开车载孩子们放学回家，并没有去想有关回忆录的事，忽然有那么一瞬间，她感到一丝短暂的凄凉。你一定明白那种感觉：一股不知从何而来的消沉的悲哀感向她迎面扑来。那种感觉又幻化成一番图景：两个孩子在严寒中朝一只动物开枪。

她并没有忘记那件事，而只是忽略了它。毕竟，即便算是安乐死，谁又真的愿意在书中以一个杀害动物的形象出现呢？但她毫不迟疑地采用了这个场景。“我一直都在寻找那些能够表现出我们的继父如何背叛了我们的场景。”她说。当然，她只需要这一个就够了。

另一份记忆同样涉及她的继父。在几千英里的远足接近尾声的时候，她盯着火堆，回想起她的继父是怎样教会了她生火和搭帐篷：

> 从他那里，我学会了用折叠刀开罐头、划独木舟还有打水漂……但是那天晚上我坐在那里的时候，我确信，如果没有艾迪，我不可能踏上（这条路）……他没有爱我到最后，但若非要我说的话，他曾经是很爱我的。

所以，虽然他的离开让她心碎，而且“说真的，我对他的所有感情都像一块石头一样卡在喉咙里”，但他曾经教会她的一切，她到底还是可以使用的，这让她心中的包袱轻松了许多。她最后感觉到，是他和她的母亲一起赠予了她需要的所有工具，才让她得以坚持到底。

不管是不是作家，你也许都需要一生的时间，才能习惯在自己的身体里生活。自我欺骗是一种细菌，在不同的程度上影响着每一颗心灵，对于青年的影响尤其严重。我们都喜欢以某种特定的方式看待自己。我在高中时有个男朋友，他是一名摇滚吉他手和音乐制作人，小时候的绰号是“小亨德里克斯”①。我在自己的一本书里，想对我们的青春岁月勾画几笔，于是找他报备了一下。结果他问道，可不可以请我不要提起我们年轻时吸过大麻的事？我看了看他，留着一头浓密的乱发，穿着紧身牛仔裤和靴子，不禁问他，他以为他糊弄的人是谁？

根据我的经验，年轻的作家早期都会因为误解自己天赋的基本性质而栽跟头。我们都想成为和自己不一样的人。大坏蛋都想成为圣人，圣人都想成为荡妇，荡妇都想成为戴着金边夹鼻眼镜的知识分子。

我在锡拉丘兹的同事乔治·桑德斯在读研究生的时候曾设法自杀，只是为了让自己听起来像坚毅的劳动阶级极简派雷·卡佛。雷是个伐木拖车的狂热爱好者，偏爱言语精简的绝对现实主义，于是乔治在露面时便开着一辆老旧的皮卡，还戴上一顶牛仔帽。他忘记自己其实是一个英俊的小伙子，有一副冲浪运动员的躯体，是一个成功商人的儿子，还是高中毕业舞会的王子。而且，他的天赋——为我们创造了舞台上那些妙语连珠的狐狸和洞穴人，还有能让娃娃们讲话的面具——在本质上与卡佛的天赋天差地别。乔治的超现实状态，更像是继承了伊萨克·巴别尔或者尼古莱·果戈理的模式。乔治想成为雷·卡佛，就跟加西亚·马尔克斯想成为海明威一样离谱。乔治的老师们

① 吉米·亨德里克斯（1942—1970），美国传奇摇滚吉他手。

一直在努力把他扭转回来，让他去写自己那些幽默的文章，可他觉得那种东西“太傻了”：“它们只不过是我信口胡编的愚蠢的笑话，是捣乱用的。”但到头来，等他年纪更长一些之后，这些讥诮的文字还是成功地占领了纸面。

书写真实自我的这门功夫，当你刚刚开始上手的时候，几乎总是会显得缺乏原创性。事实上，它通常都会像野兽一样狺狺低吼，像腐烂的东西一样恶臭。你会毁掉很多上好的纸张，用来书写你的虚荣。年龄与实践固然能帮你把它们驱走，但你永远也不可能阻止它们塞满你早期写就的文章。

我认识的每一位回忆录作家都有过一段与此类似的经历。我自己则经历过更多。

甚至连眼下这本书都在算计着我，引我上当。你以为在写过三本回忆录并教了三十多年书之后，我不会再掩盖困扰自己一生的这个倒霉自我去佯装另外一个人，我对此该产生免疫力了吧。

可是同一种受骗的恐惧几乎贯穿在我每一本书的写作之中，总会在某个时刻跳出来横加扰乱。

在开始写这本书之前，我的编辑建议我处理得简单一点，干脆照着我在锡拉丘兹上课用的教学大纲来写。可我争辩说，我的打算是一举拔高回忆录这种文学形式，追循的榜样是写散文的 T. S. 艾略特、写《破碎的庄园》（*Broken Estate*）的詹姆斯·伍德或者写俄国文学巨著的艾莉芙·巴图曼。

可惜的是，这三个榜样与我本人的距离都不能更远。他们分别是常青藤名校毕业生、戴着桂冠的知识分子、精通语言和哲学并且从每一个毛孔中都散发出超高智慧的人。而我只是一个在边远地区讲故事的人，靠卖弄街头巷尾的语言谋生。似乎如此。

你能猜到我的恐惧是什么吗？究竟是什么，让我花了好几个月的时间，才一点一滴地挤出了手中的这份文本？

那就是，我缺乏以权威之笔书写任何东西的资质。我是个拖后腿的人，一个辍学生。我就读的研究生项目，在我拿到艺术硕士的当天就已经结束了。即便如此，我对于这本书的规划，仍然是一部关于美学、文学史、现象学、神经生物学和这些或者那些的著作。

正是这种自我意识，阴魂不散地萦绕着每一本书！你以为我在撞到南墙之前就能提前意识到此路不通。你以为在与同样的恐惧斗智斗勇几十年后，我已经可以预先阻止那些矫揉造作、自命不凡的狂喧，令其不再是我最早写下、迟早要丢进垃圾桶的东西。

可是，写作于我而言从来就不是线性的。我总在围着自己的故事绕圈，像一只拴在晾衣竿上的杂种狗一样躲避真相，每一本书的每一次修订，都在螺旋着接近真相，直到虚假的自我与真实的自我四目相接，终于无从回避。

我在写上一本回忆录的时候，扔掉了超过 1 200 页写好的手稿，在不断更改我的想法时，敲坏了键盘上的删除键。如果我真的有种的话，早就把它做成胸针了。

18 渴望真实的欲火：凯瑟琳·哈里森公开与私下的焚烧

并非只有说出口的才是谎言，沉默也有可能是一种欺骗。

——艾德里安娜·里奇，《女性与尊严：有关谎言的一些笔记》(*Women and Honor*：*Some Notes on Lying*)

像回忆录作家们惯常所做的那样在回忆里翻箱倒柜地摸索，需要一种近乎疯癫的执着。特别是当面对一个既四分五裂又充满煽动性的过去时，事实七零八碎，故事也难于统合，更是非有这种执迷不可。我不知道回忆录作家们到底是在小的时候比别人受到了更多的欺骗，还是只在长大成人之后才对谎言愈加憎恶，但至少从表面上来看，我们之中确实更常见到孤儿或因父母离异而沦落的准孤儿，都想努力治愈我们内心的裂隙。我猜，同每个人一样，我们都曾被自己深爱的人伤过心，因为只有他们才最接近我们的内心。可我们后来又踏着他们的足迹，重演了他们的错误，于是再次亲手伤了自己的心。

这种属于回忆录作家的标记特征，无疑也适用于这个星球上的每一个人。但之所以我们中有很多人要承担起探索过去的使命，正是因为有关过去的真实如迷雾一般，是如此模糊与稀薄。

或者，也许回忆录作家们的家庭或祖国确实遭受过更为惨烈的崩坏，是那些与我们相似然而伤疤较浅或不大可能提笔书写的人所不曾经历过的。奇怪的是，成为一名孤儿反而会为你带来解放，让你可以不受任何来自外部的纠正，到记忆小镇里去来回打滚和尽情揣度。可若是换作那些与我们相似却不去写回忆录的人，一旦他们开口怀念起过去的这件或者那件事，就立刻会有记忆警察，要么是捧着本编年相册的一丝不苟的女性家长，要么是外战老兵中的一员，忙不迭地插嘴说："可不是这么一回事儿啊。"（罗伯特·格雷夫斯和诗人西格夫里·萨松是同团的战友，后者留在纽约公共图书馆里的一本《告别往事》，在边白处留下很多条质疑格雷夫斯观点真实性的笔记。）

在我们家里，可以这么说吧，大约从我四岁的时候开始，记录天使就已经不再定期往相册里填东西了。有关离婚、结婚和死亡的证明文件，也从来没有保存下来。留下的就只有传言和猜想。

玛丽·麦卡锡在《一个天主教女孩的童年回忆》中称，她父母的离去打破了那条把她那有溶解力的家庭绑在一起的“集体记忆”锁链。因为缺乏可靠的历史，她和她的弟弟花了一生的时间来讨论过去，就像弯腰低头的猎狗一样，嗅着过去的遗迹。在她拿起笔来写作之前，正是那番无休无止的对话，为她的作品提供了源源不断的燃料。

> （在调查我们自己的故事时遇到的）特别的困难，为我们提供了一种刺激。作为孤儿，我和我的弟弟凯文对于我们的过去有一种狂热的兴趣，想努力地把它重建起来。我们就像两个业余的考古学家一样，不放过任何一丝新的证据，努力地为其定位。我们质疑过我们的亲缘关系，也否决过我们自己的记忆。这是一场探索中的远征。

在书写个人历史的过程中亲身经历过深刻的不适感之后，我觉得绝大多数作家都绝非自在地踱步于这片竞技场之中，利用自己糟糕的过往谋利、实现报复的企图或者把指甲上的一根倒刺放大为战场上的断肢。真实在召唤着他们，就如同召唤着最好的小说家和诗人一样。对此有所误解的，并非只有回忆录作家。“小说家的多愁善感，”托拜厄斯·沃尔夫曾说过，“不管是通过名不符实的欢庆还是名不符实的嘲讽加以表达，只不过是心灵的一个谎言。”驱动绝大多数回忆录作家投入写作的力量，都是他们自己感受深切的心理原因。正如叶芝所说：“是疯狂的爱尔兰对我造成的伤害，让我写出了那些诗。”所以，我们大部分人也都是因为受过伤害才写起回忆录。

我所认识的回忆录作家们，都不会咬定自己所述的真实性，这样可以避免亲人的起诉。他们也不会拒绝在“奥普拉秀”上亮相，在被揭掉假面时面红耳赤、汗流浃背。对绝大多数人而言，了解真相要远比最终如何讲述它更为重要。他们付出了一生的时间探究过去，到从前的日子里去权衡、质问和四处挖掘，而他们之前的同伴早已突围向前，或是完成了干净整洁的遗忘，或是编订了个人历史的私人版本，在那份历史中，每个人都是英雄，是挂在天上闪烁的明星。

19 为熄火的新手提供一点老派的技巧

> 没错，我觉得自己很小。打字机看起来比一架钢琴更大，而我比一粒分子还小。我能做什么？我喝了更多的酒。
>
> ——阿尔韦特·桑切斯·皮尼奥尔，《潘多拉在刚果》（*Pandora in the Congo*）

当你在自己的写作中撞到一块路障时，继续前进是很艰难的。许多新手只需要把头继续埋在局内，让自己的手不停地在纸页间移动，总会盼来向前牵引的动力。我鼓励你为自己找一份智力方面的事业，让你保持住不断学习技艺的状态。也许可以试一试我用来把自己的屁股按在椅子上的方法，这些也是我从自己的前辈那里学来的。这里面有一些涉及用笔写字，推动着笔尖的圆珠滑动起来的办法。这样做，能让你的脚步慢下来，这是通过打字做不到的。

1. 随身携带一本摘录簿：在一个笔记本上，抄下你喜欢的诗或散文片段。没有什么能比这种方法更好地为你培养出一个伟大作家的品位了。另外，你还可以把自己的灵感打包带在身边。

2. 为一家杂志或网站博客写书评或评论，这能训练你去为自己的观点寻找证据，让你成为一名更犀利的思考者。

3. 每天额外写上一篇阅读日记。写一页带着引文的评论，表达你自己支持的观点。你不能只是说："聂鲁达是一个超现实主义者。"你得引用他在看到洗衣机时所说的"肮脏的泪水从那里缓慢流下"。而且你还得去查找一些东西来定义何为超现实主义。

4. 在三乘五英寸的卡片纸上手写你遇到的引文——作家的名字在左边，出处和页数在右边。（斯坦利·库尼茨在大概 1978 年的时候把这一招教给我。我现在已经有几千张这样的卡片，可以直接从中攒出一套讲义。）

5. 在你举步维艰的时候，就去背诵一些诗歌。诗人将教会你什么是经济实用。不要浪费读者的时间。

6. 给书中反复提到的人物写亲笔信，甚至可以用笔给已故的人写信。通过写信，你能对口音有更多的把握——如何为每一位听众以不同的方式呈现自己。这比你上一年的课还管用。

20 发生在《樱桃》与《重生之光》中的重大反转

视者影响所视之物，这一观点对于当今科学研究的每一个领域都不再新鲜，但人们仍然需要清楚它真正的意义是什么（或不是什么）。它并不意味着“不论如何，一切都是主观的”，于是也不再有清晰和真实的陈述可言。

——罗伯特·休伊斯，《新艺术的震撼》
（*The Shock of the New*）

警告标示：在我的第二本书《樱桃》（*Cherry*）和第三本书《重生之光》中，出现了过山车式的反转。几十年来，我的讲座听众都在不厌其烦地追问我有关这些反转的问题。除了我自己的作品外，我对任何其他人笔下的反转了解得都不够透彻，难以落笔。下面有一些是我在自己的其他作品中涉及的内容。虽然重复自己是一件令人厌恶的事，但此处缺其不可。不管你是不是一个有心习艺的作家，如果你无法再忍受一句有关我本人作品的论述，请千万不要客气，大可跳过这个部分，直接进入下一章。

我在写第二本书和第三本书的时候，对自己的过去不再存有一丝心慈手软，这是我在写《骗子俱乐部》时从来不曾做到过的，从我开始把它作为回忆录来写的那一刻起就没有做到过。而在后来的两本书中，我重审了自己的少年和青年时代，不断地敲开各种假说中的漏洞，挑战那些其实并没有任何证据支持的陈旧观点。

在《樱桃》的第一章，我尽力还原了一场我与老爸的挥泪告别，那时，我正身处塞满冲浪者和拥挤人群的卡车上，准备出发前往加利福尼亚，而反转的努力，也在此时开始。我这一辈子都生活在一个前提之下，就是我爸爸在我离开家的十年以前就已经抛弃了我。所以，我四处寻找可以向读者展示他抛弃了我的那个场景，也许当我找到的时候，还要擦拭掉眼角的一滴泪。

但是我根本找不到任何一个可以表现他抛弃我的场景。在我干活的时候，他给我送来了一盘锡纸包好的晚饭。他主动提出在早上给我做早餐，或者带我去捕松鼠或钓鱼，而我拒绝了他。是我，甩开他放在我肩膀上的手；是我，对母亲在科罗拉多旅行中跟一个牛仔打情骂俏的事闭口不言；是我，要出发去加利福尼亚的海岸。

当然了，他酗酒无度，在情感上的斯多葛主义把他塑造成一个倔强而沉默的人。而且他对我们母亲的疯狂视而不见，没能保护我们不受母亲的伤害。但是他从来没有在说过他会在哪里见我之后却没有出现。而且当我离开家的时候，他恨得要命。

这一彻底的逆转让我震惊了。我在自己几十年的心理治疗中，都在讨论他对我的遗弃，而且他在我只有二十五岁的时候，就因为醉酒从酒吧的高脚凳上摔了下去，这也是真的。可是说他曾抛弃过我的这个观点，简直就是在存心泼脏水——这是我为了减轻自己离开他的负疚感，讲给自己听的一个便利谎言。

另一个在《樱桃》中戳破的肥皂泡，也是一份长期以来坚定不移的信念，认为我在青少年时期超级聪明，是一个真正的高智商天才。但是在四处搜索之后，我发现根本没有证据能够证明这一点。我在十年级之后就放弃高等数学了。我的成绩很烂——在艺术这门课上只拿到了 D。我每读一本好书［《安娜·卡列尼娜》（*Anna Karenina*）］，都要搭上十卷垃圾的反文化读物［阿尔德里奇·克里夫的《冰上灵魂》（*Soul on Ice*）或者阿比·霍夫曼的《偷去这本书》（*Steal This Book*）］。

如果我本来并不聪明的话，又是从哪里得到这种印象的呢？我从小就崇拜书呆子——我最好的闺蜜就是学校里最聪明的女孩。她，还有我认真交往过的两个男孩，都在大型标准化考试中拿到了高分，邮箱里塞满了奖学金的邀请。我只是装作一个聪明人罢了。

但这一次的反转，不像是我隐藏了某样东西，反而大大丰富了我的材料，因为它揭示了我在自己想成为的人和真实的自己之间有一道裂隙。那正是内在冲突和情节的原料。

在写《重生之光》的时候，我也陷入过同样的困境，被现在的知识遮挡了对过去的清晰记忆。我回头观看自己的婚姻时，就是无法过滤掉离婚的色彩，于是我一遍又一遍地写下同样的东西，虽然并没有胡编乱造，可我笔下的素材不是向一个方向倾斜，就是向另一个方向倾斜。最开始，从我笔下写出的事件来看，他是完美的，而我是一个醉醺醺的人渣。然后，我又把他写成一个冷冰冰的新教徒，而我自己则有一颗温柔的心。这些对于我来说，在情感上都是不真实的。我一度绝望。我甚至考虑过半途而废，虽然我为此卖掉了自己的公寓。

后来，我每日都祈祷可以瞥见一缕真实，坚持到第七个月时，有一天完成冥想之后，我的眼前忽然出现了一串生动的闪回，那时我们还年轻，正相爱，是我们相遇的第一个礼拜，我们趴在轮胎上，顺着佛蒙特河顺流而下。我们曾那么缠绵。这份记忆为我带来了一阵几乎波及生理的刺痛——我一直在逃避，不去书写我们曾经如何相爱，如何沐浴在希望之中。比起这个，油滑而讥诮地点评我自己曾是一个多么糟糕的妻子实在是太简单了。

愚蠢的希望，写起来是最伤人的，可它却包围着我们几十年来孜孜以求的那些荒谬的图景，是走不通的死胡同，是让人失足跌落的悬崖。如果你发现自己在一段时间内止步不前，那么不妨试着把自己推向你在当初希望的方向。问问你自己，你有没有捆着当下的自我穿越回过去，去隐藏真实的故事。

21 回忆录为何会失败

我的最后一则记忆，来自校长的临别祝词："再见吧，格雷夫斯，别忘了，废纸篓才是你最好的朋友。"这一点已经被证实是正确的了……几乎没有哪位作家会像我一样，写一本书要打这么多的草稿。

——罗伯特·格雷夫斯，《告别往事》

大多数回忆录失败的原因都在于口音。口音不够有特色，就没法听起来活灵活现、扣人心弦。或者在情绪语调上有太多死板的限制，只能表达出一种单一的情绪。太冷酷或者太兴奋，都可能毁掉阅读。句子沉闷无聊、没有惊喜，或前后太不一致，分不清谁说了什么、来自哪里。你不相信口音，也不信任口音。你对于作家的内在或外在生活没有好奇心。作者如一潭死水。

我们生活在一个图像化的时代，对于一名回忆录作家来说，学会使用感官书写，创造一个无法唤起任何感觉细节的模糊的物理世界，真是再容易不过了。很多指导手册都把灯光集中在物理层面，这只是因为你能够掌握它。但极少有教材愿意讲解如何把内在生命呈现在回忆录的纸面上。在更为引人注目的视觉媒介形式中，比如动作电影，内在生命得不到太多的表达——最多就是插入一个在心理医生办公室的场景，或者时不时冒出来一小段画外音。而回忆录要想与电影和电视中令人眼花缭乱的视觉成像技术相抗衡，只能凭借在那些媒介形式无法胜任的地方发挥特长：从内部写出一个更加深刻的瞬间。

你寻找的是那位内在敌人，它可以帮你为一本书划定结构。我总能隐隐察觉它的踪迹，但更倾向于通过一边回忆一边写下内心的烦恼、忏悔与渴望来找到它。也许它要等到第一份草稿写完才会现身。而一旦让我找到它，我就会以它为脊骨重新修订文稿：随着时间的推移，自我如何在进化中解开了它的内在冲突。你所有相伴相随的挫折和好运都应该指向结尾处一个转变后的自我。

一本糟糕的回忆录还有另外一种失败的途径，就是叙述者在时间的推移中没有发生改变。没有变化或缺乏深度的人物太容易被看透。如果在现实生活中，坏人物总是一成不变地坏着，那么我们所有的伤心和难过都会变得可口起来。我们只要除掉那些总是令人憎恨的人就好了。但是有时候令人憎恨的人，或者他们的道歉听起来是那么诚恳且发自内心，让人很难不一次又一次地上当受骗。我们这样从小和家中善于诱人的自恋者们一起长大的人都知道，他们不是靠威逼恐吓诱你上钩的，而是以某种方式让你在私下对他们产生同情。这样你就把自己想象成这个人内心遭遇的唯一知情者。他需要你的忠诚，而你也会反复地效忠于他，尽管残酷的证据一再证明，这只会让你陷入险境。

浅薄的报告文学通常来自于心理自我意识的缺乏。叙述者总是很强硬、坚韧或者具有自我牺牲的精神，要不然就总是乐于甩出一两句“机智”的俏皮话或装出聪明绝顶的姿态。最糟糕的是，这些人物陈腐得要命，墨守成规，但生活很少像这样可以预料，而艺术更是绝不应如此容易就让人看穿的。

最让人觉得差劲的是那种“打屁股”式的回忆录，这在如今俯拾皆是：“我被打了屁股。我站了起来，又被打了屁股。可怜的我，又来了一次。”伟大的大屠杀回忆录描写的并不仅仅是巨大的折磨，还有伟大的希望、智慧、心理承受力的形式和好奇心。这些事情被写出来，似乎是为了帮我们理解一些更复杂的事情，而不是用一遍又一遍的单调重复来证明一个单一的观点。一本书如果涉及的只有自己那一件事，也许能引发某些人淫秽的兴趣，但是除非那件事格外地戏剧化（关于一场战争或者一座集中营）或者形式多变，否则你绝不会把这本书拿起来再读第二遍。

除非有政治方面的动机（如罗伯特·格雷夫斯或理查德·赖特），

否则，愤愤不平的书总会让人生厌，而以复仇为目的的书干脆就没有什么可读性。你知道作者为了表达自己的观点，会不惜改变每一件事的本来面貌。

一本回忆录还可能因为节奏问题而失败，它在讲述戏剧化的事件时，扫得太快，而在散布索然无味的信息或者想要转换话题时，却像一只蜗牛在慢慢爬。

你与事件的距离如果近得令人窒息，可能会让读者难以承受。而如果你与事件拉开太远，当需要揭示某些关键信息时，又会显得油滑轻佻。

在最基本的层面，糟糕的语句会制造出糟糕的书。诗人罗伯特·哈斯曾教过我，把每行诗句改进一点，就能写出一首完全不同的诗。于是我修改、修改、再修改。每一个和我打交道的编辑都能告诉你，我早期的草稿到底有多烂。而修改的作用，是澄清并激发读者的感觉，让它们以曾经打动我的方式或者我现在看待它们的方式在读者身上重现。

在《重生之光》中，我有一章的草稿是这样开头的：

> 母亲开着我们那辆黄色的旅行车载我去上大学，每天晚上我们都住在假日旅店里，喝“螺丝刀”① 喝到酩酊大醉。

这只是信息而已。和你的母亲一起宿醉，能暗示出一种情感问题，却并没有内在的戏剧性或冲突。除了黄色的车之外，也没有任何感官性。“螺丝刀”预示了一些麻烦，但也没有抓住这趟旅程的情感要义。最重要的是，这里没有场景，只是对信息简单的报告。这就是我起笔时能做到的一切。

---

① 螺丝刀，一种鸡尾酒，将伏特加、柠檬、西柚或其他柑橘类果汁倒入牛角杯中螺旋式搅拌后饮用，由此得名螺丝刀。

那么，我是怎么把第一份草稿那种干巴巴的原声摘要广播变得更加丰满的？靠的是记忆，一种有关那个时候的生理记忆，一种感官性的事实。那辆车没有自带车载空调，所以母亲装了一个便宜货，结果从刚上路开始就发生了故障，它不断回收蒸馏水，所以当母亲向右急转弯时，冰水——微微散发着化学制冷剂的臭味——就会洒出来，泼在我的光脚上。被那样的冰冻冷凝液浸湿，在那个独一无二的鲜活的瞬间，就像一次洗礼，奇迹般地浸透了我的身体。记忆之眼仿佛突然间睁开了。

与许多此类场景一样，这件事以绚丽多彩的现在时回到我的面前。我低头向下看，赫然看到那双我在加利福尼亚买来的巨大的竹底人字拖，绑着黑色天鹅绒条带，浸湿在冰冷的水中。我又坐到那辆车里了。我能看到母亲头上戴着的那顶圆顶礼帽，她把它叫作“皮条客帽子”。她在休斯敦也给我买了一顶。她手腕上戴着的那条紫铜手链已经变绿了，因为有人告诉她，一直戴着它能缓解手部的关节炎。然后，又一种感官记忆出现了：我闻到了桃子的气味，我们在阿肯色州一股脑儿买了很多。还有就是，母亲沿路一直在喝的“螺丝刀”中伏特加的味道。

记忆如成群结队的蝙蝠一般，开始从过去向我飞扑而来——我给她朗读了《百年孤独》的一个早期英文译本。那本小说留在我的书中，圆顶礼帽在书中被刻成一处浮雕。但紫铜手链和空调都在书中消失了。不过还有艾奥瓦州那片美丽的玉米田，以及它的严整与丰饶，那些拥有白色大房子的富饶农场，那才是我真正想要进入的美国式场景。它与我肮脏落寞的家乡截然不同，与母亲在沙暴饥荒中度过的童年形成鲜明的反差。

玉米农场，是当时的我心向往之的恰当标志物。拥有正常童年的朋友也许会害怕那种极度整齐的行列重复。但对我而言，它们看起来像是一种可以带来舒适的秩序。所以我便使用这一意象打开了那一章。

> 母亲的黄色旅行车像大富翁游戏的图标一样，在艾奥瓦州玉米田间“切出”的灰色道路上前进。玉米田蔓延着一片青葱的绿色，巨大的银色筒仓成为它们的标点，而未曾生锈的拖拉机都闪耀着肉桂般的红色。母亲给我讲，这里的农民是多么富有，可西得克萨斯那些土兮兮的农民却截然不同，只能绝望而零落地洒落抵押得来的种子，而她正是在那里度过了自己“沙碗中的青春”。
>
> 我当时十七岁，在为即将面临的融入私立大学生活的挑战而紧张得啃光了指甲根部的外皮，而我们那天晚上就要抵达那所大学了——出于某种怜悯与盲目的混合因素而收留了我的大学——同时，我还在宿醉未醒中头疼欲裂，因为我和母亲前一天夜里在堪萨斯城那家起名毫不走心的假日酒店里痛饮了“螺丝刀”。因此，我对我的母亲说了些类似这样的话：够了，别再抱怨你那屎一样的青春了。从我们开出车库到现在，你都跟我讲了800万遍了。

这里有一处感官性的描写，把车比拟为一个大富翁游戏的图标，来自于我只有在想象中拥有过的视角。另外一些则是感官性的事实：还是个女孩子的我，确实啃掉了指甲根部的外皮，而且是在宿醉之中。除了在前一份草稿已经提供的数据，即这支母女队伍在晚上一起喝酒之外，这一段还提供了之前缺乏的一些背景信息：

- 母亲的沙碗青春。
- 作者的年纪。
- 她出生的地点。
- 她是个容易担心的人。
- 她正在前往的大学超出了她的身份。
- 她高中的烂成绩。

于是，此处便出现了一整套可以帮我们制造情感冲突的内部信息：

- 母亲的低微背景遇上女儿对前往一所超出这家人正常承受能力的大学的焦虑。
- 女儿告诉母亲她厌倦了听她讲自己倒霉的青春，这表现出母女之间一种还算正常的冲突。但是对于一个女儿来说，用“屎一样的”来形容自己母亲的青春时代，还是远远地僭越了当时的道德规范。这个用语表明两个人之间缺少一种界限，而这也成为此书的中心冲突。

此外，我还就有关自己对于真实的定义进行了些许解释：

- 大富翁图标的意象，说明我正在使用一种从自己成年后的视角借用的想象场景。
- 说“我对我的母亲说了些类似这样的话”证明我没有在重造语言，不是根据一个日记本或者客观的书面文本进行抄录的。

最重要的一点是，这个场景表达了最终使整本书得以成型的核心的情感真相。少女时代的我想成为母亲一样的人——艺术家、波西米亚人。我们共同读了一本伟大的小说。但是想要成为母亲一样的人，就注定我将变成一个酒鬼，一个情感上的失败者，而且不会是一个好的养育者。我的意思是，她每天晚上跟十七岁的我形影不离地厮混在一起，好像我们是姐妹会的姐妹一样。青春时代的我渴望逃离自己那个原始洞穴一样的家乡，母亲也同样憎恶那个地方，所以责怪我让她留在那里——这又使我的焦虑加深了一层，我为自己把她丢下而感到愧疚。我所进行的这一番修改，旨在融入一些场景，承载困在那辆车狭小空间内的心理暗流，就像一只咖啡罐里的两只松鼠，爸爸也许会如此形容。

22 一张用以逃避恐惧的不完全清单

> 简白的文字写在简白的纸上。记住奥威尔说过的话，好的散文就像一扇玻璃窗。把你写好的每一页砍掉至少三分之一。停止构建你那些琐碎的小明喻。弄明白你想说的话。然后，再用最直接、最有活力的方式说出来。吃肉。喝血。放弃你的社交生活，不要以为你可以交到朋友。在夜里宁静的时刻起身，刺破你的指尖，用你的血作墨水。这才能治好你的揶揄病！
>
> 可是我听从自己的建议了吗？完全没有。揶揄是我的 nom de guerre①。（不要使用外语表达。这太精英主义了。）
>
> ——希拉里·曼特尔，《放弃鬼魂》

如果你天生具有生产文字的天赋，可以下笔如飞，一气呵成，那么这一章也许要等到你进入改写、组织和收紧的程序时，才能帮到你。但我在这里主要是为那些普通的作者而写，他们怀揣着一个呼之欲出的故事坐下来，然后心想，完蛋了，先写什么好呢？

在这一章，我将尽我所能地回答这个问题，同时还会为你提供一些安慰：一时迷路是没关系的。迷路，正如我在别处所说，是找到新路的序曲。任何一位充满好奇心的作家，在每一本书完成之前，都会经历一番漫长的游荡。你没必要在第一天就把绝大多数的元素掌握在手。你只需要拥有：

> 1. 清爽的记忆——存在于你脑海中的感官世界。
>
> 2. 故事，和讲这些故事的热情。
>
> 3. 需要传达的介绍性信息或数据。
>
> 4. 不畏在一段时间内一无所获而坚持工作的自我约束力（我一般要花 3～5 周的时间才能找到入口，但在此之前，用一句流行歌曲里的话说，我已经在野草里等了一年）。

---

① 法语，意为化名。

至于其他一切，你大可一边推进一边琢磨。事实上，只要你开始讲述自己的故事，所有的碎片自然会各安其位。在推进工作的时候，你要寻找的是那些我之前提过的要素：一种可以开发你体内潜能的口音和一个内在的视角，再加上一位能串联起整本书内容的内部敌人。

作家们讨厌公式和清单。把自己伪装成一个全自然的萨满教巫师要有趣得多，可以像神谕曾经引导宙斯一样诱发优美的篇章。但是回头看看我自己写的书，我发现它们全都包括下面几乎所有的内容，绝大多数我教过的书也是如此。

我的清单如下：

1. 描画出一幅身体的现实，用到所有的感官，把它置于你所写的那个时间——那必须是一个独一无二的迷人之处，请进我们信任的客体与人物，还应该包括说话者的身体或某种让肌肉运动的元素。

2. 讲一个故事，让读者对你生活的圈子有所了解，同时展示一下你的天赋。我们的记忆都是故事。对于一位作家来说，故事就是你的起点。

3. 把有关你当下的自我或背景信息打包，让它化为情绪上的冲突或场景。

余下的这些都是内部的：

1. 设定情感筹码——作家为什么会对处理过去的回忆产生热情或迫切的需要——也许是内部敌人的提示？

2. 思考、琢磨、犹疑、猜想。把你自己权衡真假的努力展示出来，你的幻想、评估、谋划或失败。

3. 前后变换时态——最开始的时候，搭设起一种“回首往事”的口音，然后又变成“身在其中”的口吻。

4. 在你与真实和记忆的关系上，与读者形成共谋。

5. 不要过多使用很长的篇幅来书写你如何受苦，但可以多写你是如何幸存下来的。插入幽默或成人的口吻，帮助读者渡过黑暗地带。

6. 不要夸张。要相信，你深切的感受是有效的。

7. 审视你的盲点——如果之前不行，就在修改时寻找反转。对于你避而不谈或抓住不放的东西都要小心警醒。

8.（与上述一切相关）爱你笔下的人物。问问自己，构成他们的行动和过去形象的基础是什么？有时，我祈祷自己能以上帝的眼光去看那些让我恼怒或怨恨的人，这既能挽救文字，也能治愈心灵。

最后一点高能预警：务必让你自己的天赋引导你，而这也许会让你忽略我建议的一切内容。

23 麦克尔·赫尔：起点在堪萨斯，终点在奥兹王国

哦，回到零点，大师说。

利用房子周围的一切。

让它简单而忧伤。

——斯蒂芬·邓恩，《拜访大师》

一、 他做了什么

战地回忆录《越战亲历记》是麦克尔·赫尔的奠基之作，可即便读者未曾倾心于他在这本书中塑造的口吻，也一定曾作为电影观众，迷上过他在《现代启示录》（*Apocalypse Now*）中的声音，或者拜服于他为斯坦利·库布里克创作的《全金属外壳》（*Full Metal Jacket*）的剧本。而后两部电影作品，其实都是第一本书的回音：

> 我已经杀过多少人了？那六个人是我明确记得的。几乎是脸贴脸地夺走了他们最后的呼吸。但这次是一个美国人，而且是一名军官。对我来说，这本该没有什么不同，可我就是感觉到了某种异样。见鬼……在这个地方指控一个人犯了谋杀罪，相当于在印第500[①]上开出一张超速单。我接受了这项任务。我还能怎么做？可是我不知道，在我找到他以后，我究竟会做什么。
>
> 越共没有什么秘密法宝，他被挖得太深，或者移动得太快了。他想回家只有两条路可走：胜利或者死亡。
>
> ——《现代启示录》

麦克尔·赫尔为那场糟糕的战争（也许也适用于任何一场糟糕的战争）创造了一种声音，美国人觉得那是具有催眠性和超现实性的。

---

① 印第安纳波利斯500英里大奖赛，始于1911年，通常又被称为“印第500”或“500英里大奖赛”。

这让他在一种电影题材领域内声名鹊起。而我曾亲耳听到，他在提到这种电影题材的时候，把它称作越战成人片。

这位低调谦逊的锡拉丘兹辍学生凭借《越战亲历记》一书跻身英语文学创作圈的上等阶层。（约翰·勒卡雷称其为“我所读过的书写我们这个时代中男人与战争的最佳著作”。）而越南战争时期或许引领了一个属于谎言家的伟大年代——尼克松在长期否认轰炸柬埔寨之后最终承认确有此举，他与水门事件中的入室窃贼狼狈为奸，还有他那些偏执妄想的录音磁带。

20 世纪 70 年代，和我一样的孩子都把赫尔奉为民间英雄。我们在《滚石》（*Rolling Stone*）或《时尚先生》上发现了他的作品，对于几十年来灌输给我们的那些有关越南的政府报告，他嗤之以鼻，视为废纸。敌军的阵亡人数曾被刻意夸大，这在国防部长罗伯特·S. 麦克纳马拉后来的回忆录中得到了证实。我们的大规模轰炸造成无数死伤，为那个国家带来一场毁灭性的浩劫，也再难赢得人民的信任。（“我们从来没有执行过焦土政策，我们从来没有执行过任何政策。”）在美国国内能把我们送进监狱的毒品，在那里却是同餐具一起发放的，而且“梅莱事件”也绝非孤例。赫尔对于大佬们的批评，让他成为众矢之的。他甚至还给最高指挥部起了个绰号，叫“使命”——在军事目的和所谓的灵魂宗旨之间进行了一次反讽的联姻。赫尔告诉我们，在越南，不管我们来此的目的是佯攻、救援或者其他，我们始终都是侵略者。

于是，赫尔的这种超幻式视角在我们眼中反而比我们听到的其他有关战争的噪音“更加真实”；只不过，他的真实是一种新的真实，是带着双引号出现的。有时候我也会猜测，到底是不是《越战亲历记》在历史上标刻出了那个位置，自此，主观真实兴起，取代了历史与宗教的确定性，这也形成了促成当下回忆录风靡现象的一个趋势。

虽说时间上的偶合并不意味着因果关系的存在，但在这里还是有可能的。赫尔对历史上的那段血腥时期有一种独一无二的把握，不管扭曲变形的记忆对它产生过多大的破坏，我们都更信任他，而非官方的说辞，也许这是因为，他有一半的时间都像在服用致幻剂写作。他没有官方政府快报那种钢铁般严格的忠诚。而且他对于自身道德罪责的积极反省，甚至只是因为亲眼目睹了战争，更加坐实了我们围绕那次战争所体验到的国家羞耻感。

赫尔明确表示，《越战亲历记》中有很多捏造的人物和未经核对的事实。（在法国，它是作为虚构小说出版的。）尽管如此，他最近却告诉我说，没有什么东西比真实性更让他在意了。他为了写出真相，几乎达到半疯狂的状态。他的妻子回到家，看到他的椅子四周已经被黄色的便利贴围得水泄不通。然后，“我终于在写特定的事情时，为自己提供了某种之前一直不太情愿给自己的许可。现在说起来可能有点狂妄自大了——那是允许自己讲真话的许可。”

其他的战地记者都是随军出征很短一段时间，就匆匆赶回屋里，踩在交稿时间线上拍电报把故事发回，可赫尔是没有截止时限的。他在军队里一扎就是几个月，每天在他的笔记本上密密麻麻地记录，捕捉那些至今仍徘徊在我脑海中的对话——“我们抓住了一个外国佬，要剥了他的皮，”一个猪佬①对我说，“我的意思是，他早就死了，什么都凉了。”赫尔的天赋在于，他能够把相互冲突的口音编织在一处，把各式各样的对话并置在一起，让温柔与残暴并肩而行。他说话的方式包括摇滚乐歌词、嬉皮士格言、黑人英语、军士中流传的缩写和碎嘴乡巴佬的口头语，而把这一切集结在一处，正是他本人对于寻找一个坚实立足点的史诗般的渴望，可惜他从未真正找到过。

---

① 原文为 grunts，译为“猪佬”，指人类士兵。grunts 本意是指猪在哼哼叫。

捕捉令人难忘的对话，这种天赋无疑源于他对陌生人充满天真好奇的童年。小时候，他喜欢扮演侦探。当他的同龄人都在盯着小联盟的球棒时，他却掌握了记忆人言的本事："我是一个窥隐者……我训练自己一边望着火车窗外一边偷听别人讲话而不错过任何一个单词。十二岁的时候，我常常四处游走，跟在回家路上遇到的人身后。甚至包括跟他们一起乘公交车。我只是想看到他们住在哪里，如何生活。"［《洛杉矶时报》(*Los Angeles Times*)，1990 年 4 月 15 日］美国习语的破碎的诗感天然地令他着迷，他还能在一般人的话语中听出小小的荣光。

赫尔坦言，《越战亲历记》一书的大部分内容都是拼凑起来的。但他坚持的一句原话却给人留下相当真实的印象："几乎没有一句话里的文字是编造出来的。"换句话说，那些摄人心弦的口音——对我而言这正是他的天赋的核心——也许与保留原话的新闻最为接近。

另外，说他缺乏历史方法本来就没什么实际意义。我们阅读赫尔，不是为了敲定外部事件——这次炸弹袭击或者那次军营迁移的具体日期——而是为了分享叙事者恐惧、迷惘、心碎和愤怒的心灵旅程。他笔下的景观形态一直处在变化之中。他的剪贴画如同碎布缝成的被单，充满模糊感和虚幻感，你不再会向他询求真相，就好比法庭不会信任一个在案发当时正吸着大麻的目击证人。我们来听一听他如何盗用了有关我们为什么参与战争的官僚说辞——并在结尾点明他自己为什么前往战地的骇人真相：

> （你应该已经）听到过与此相关的那些熟烂的废话：心灵与精神、共和国的人民、混乱的多米诺骨牌效应，通过引入逐渐渗

透的“哆嗒”（Doodah）来维持“叮咚”（Dingdong）[①] 的心理稳定平衡。“哥们，那统统都是瞎扯淡。我们就是来这儿杀越南佬的。就是这么回事儿。”这对我来说不是完全真实的。我来这儿是为了观看他们杀人。

我们从他有关“叮咚”和“哆嗒”的句子出发，迎来了一位年轻的“猪佬”，渴望着谋杀，又从他那里进入了赫尔阴暗的警觉之中——我来这儿是为了观看——这又伴随一波窘迫的返潮。“你想看，而你又不想看。”

这种道德上的挣扎，塑造了我一直在奔走呼吁的内部敌人。跟之前的海明威一样，赫尔踏入战场，一部分也是为了满足自己作为一个年轻人对于冒险的渴望——他后来感觉到，这是一种下流可憎的愿望。他想要到那里去的欲望，把他自己也牵连其中，如果把越战视为一部大规模的成人虐杀电影，那么他便是通过买票观看的形式赞助了这部影片。目睹死亡，就好像在观看“世界上所有的成人片”一样。

> 我可以一直看下去，直到自己的台灯熄灭为止，可我仍然无法切断一条断腿和身体其他部分的联系，或者不去想躯体总会摆出的姿态与姿势……它们被原封不动地抛在原处，挂在带刺的铁丝网上，摞在其他死尸上面或者像杂技演员一样悬在树上。看看我有多大的能耐。

他借用在某些兽医间流传的黑色幽默叫停了这出戏剧——像杂技演员一样的死尸说：看看我有多大的能耐。

他渴望寻得的确定性离他越来越远，因为谎言与神秘遮蔽了每一个场面。他用到的词是“阴森”，这是当时一首流行歌曲里的歌词。

① Doodah 在美国俚语中是“恐慌”的意思。Dingdong 在美国俚语中是“傻瓜”的意思。

一名士兵神秘兮兮地说："阴森明白。"而赫尔不仅让我们体会到那种浓厚的神秘感，也让我们感受到围绕在他身边的驱之不散的阴魂，以及四周那阵阵阴风带来的令人毛骨悚然的凉气。他没有模糊或回避事实——有关自己眼中盯着的东西，他把能说的全部说了出来，可仍然不能让他得到任何确定的答案。他的话听起来好像是在说，很多人能在战争后幸存下来，是因为抓住了某个单一的真相，比如，那些人是我们必须摧毁的怪兽，把它像神明一样供奉起来，而把另外上千种与之矛盾的真相弃若敝屣。

赫尔从来没有把自己塑造成一个悲悯的形象，但是我不敢苟同某位评论者的说法，认为这本书写的不是有关他自己的事。托尔斯泰曾指责屠格涅夫，说他"指着自己眼中的泪水"。赫尔的确从未如此做过。但是，就像我们与很多伟大回忆录作家相遇时一样，你不可能不透过他的双眼来阅读。

那场大屠杀当然会激起一种引向道德愤慨的自然冲动，形成一种要求某人受责的立场。然而指责往往会抹杀深切的同情，而从灵魂的意义上讲——赫尔在书末成为一名佛教徒而对此愈加笃信——只有同情能带来真正的治愈。他永远都没有办法摆脱自己在战争中于恐惧的同时感受到的美丽与快乐——"它摧毁了西方的心灵，"他指出，"它已经远远超出善与恶的寻常范畴，上升到另一个境界。"对赫尔而言，战争中华丽的多种口音——不管多么美好和恐怖，或用他的话说，魅力十足——让信息的本质保持着流动的状态。不断变幻的景致让他难以找到一个无须迁怒某人的道德立足点——而愤怒，再说一遍，是同情的阻碍。没有什么地方比这里更迫切地呼唤着伦理判断，而也没有什么地方比这里更不可能得到这样的判断。

他对年轻士兵们的温柔关怀极富感染力："我对他们是那么热爱，却认为自己不应该怀有这份感觉。"他说。他们都有能力做出相当野蛮残暴的事："（他们）把人从直升机上丢下去，把人绑起来，然后放狗去咬他们。"但同样是那些年轻人，也会为彼此挡枪子儿，奋不顾身地冲向手榴弹。毫不夸张地说，他们确实保住了他的性命。每当他逃离一个地方的时候，都是他们在为他压制战场的火力，护送他冲上直升机，而他们自己常常注定要留在原地战死。他们会主动提出帮赫尔背包或者把一条潮湿战壕里唯一一处温暖的地方让给他睡（他从来没有同意过）。在整本书的发展过程中，赫尔都在钦佩他们、怜悯他们、喜爱他们，并畏缩着躲避他们："我与他们有多近就站得多近，但并没有真正成为他们中的一员。然后，我离他们有多远就站得多远，只差没有跳离地球。"

赫尔对于士兵们的同情——"当一个十九岁的孩子打心底里跟你说，他太老了，已经不适合再做这些鬼事情了，你会有什么感觉?"——多多少少缓解了他的恐惧，以及我们的恐惧：

> 在那里的人有没有可能没有被阴魂缠身？不，没有可能，一点儿可能都没有。我知道我不是唯一一个眼前阴魂不散的人。他们现在在哪儿？（而我又在哪儿？）可是在曼陀罗中，恶心只是其中一种"颜色"，其他的"色彩"还有和善与怜悯……我想，所有那些过去常说自己只为越南人流泪的人，如果当那些男人和男孩死去或生活尽毁时，他们不能为后者挤出哪怕一滴泪，那么也就一定从未真正地为任何人流过泪。
>
> 当然，我们可是很亲密的，我告诉你有多亲密：他们是我的枪手，我也允许他们帮我。我们彼此掩护，彼此服务……
>
> 这说起来是一种扮演的身份，一种锁定的角色，也是一种反讽：我去报道（cover）战争，而战争又掩护（cover）着我……我到那里去，抱着一个粗陋而严肃的信条，认为你必须有能力直视任何事情。说它严肃，是因为我真的依据它采取行动，才会动

> 身前往；而说它粗陋，则是因为我不总是知道在看的是什么，直到后来，也许几年以后，大多数看到的东西都没有变成文字，只残留在双眼里。时间与信息、摇滚、生活，这些本身不是僵化不变的，而你是。

这本书的阴沉气氛在嘲弄“使命”的小丑剧中稍有缓解。我在读他对威廉·韦斯特摩兰将军的采访时，咖啡都喷了出来。派赫尔去和他谈话，就像把远见卓识的威廉·布莱克派到了匈奴王的帐篷里。因为赫尔是《时尚先生》派来的，所以在那位将军的期待里，他将“写一些‘幽默式’的文章”。

> 我离开之后，感觉刚刚和自己谈话的仿佛是这样一个人：他摸了摸椅子，然后说“这是一把椅子”。又指了指桌子，然后说“这是一张桌子”。我想不出任何问题可以问他。

赫尔嘲讽“官方军事讲话”的能力，可与《第二十二条军规》（*Catch-22*）中的喜剧天才约瑟夫·海勒一较短长。赫尔一开始会引用某个人的话，然后加入当下的现实，再把观点卷入他自己的脑子里，经过他心灵的加工之后，让我们“听见”。

他的内在，是读者的家乡，是直升机的接人地点。每当我们偏离正途，误入某一片可怕的热带雨林场景时，那位观察力超群的说话者总会陪在我们的身边。赫尔渴望寻得一块坚实的内心——某种真相——却没有能力坚实地把握住那个真相，于是他只能像一个盲人一样，不停地四下摸索。

如今，赫尔已经皈依了（据我了解）相当严格的藏传佛教，成为一名修行中的喇嘛。他最近在电话里对我说，在越战之前，他还不知道我们不仅仅要为我们所做之事负责，也要为我们所看到之物负责。这将让我们从对他人的指责或批判中解放出来。（这一点与天主教有关原罪的观念暗合相通——我们到底都是一样的！）

阅读麦克尔·赫尔不仅让你接触到我们人类所能做到的残忍决绝，更让你感受到某些属于人类的高贵，在恐惧的威胁面前拒绝失败，在坚持与再坚持中收获荣光。一个人为了自己的祖国而死，既不美好，也不高尚，但是在如此的黑暗中仍坚持朝向光明的每一个人，都在为人类筑起也许是最难攻破的坚固壁垒。

最近，我有一位朋友被诊断出患上某种吓人的癌症，他对我说，阅读《越战亲历记》给他带来意料之外的宽慰。我在电话里把这件事讲给赫尔听时，他感动万分。“不会比这更好了。我总告诉人们，‘别担心，结局是美好的。’”

二、 他是如何做的

（提示：这里又是精雕细琢的功课，是为写作见习者准备的，一般读者可能会感觉有些无聊。）

如果你拿着一柄珠宝商的放大镜来看麦克尔·赫尔的第一章，像诗人们在研究一篇神秘作品的词汇或注释时一样逐行逐句进行分析，你就可以把那本回忆录的关键机制抽丝剥茧地解析出来。这是我要求自己的学生们在每一位风格大师身上下的工夫——拆解每一个句子，像开瓶器一样撬开整本书的秘密。

以这种方式阅读，赫尔的作品便可化作对回忆录所有关键要素的一份总结。他以直接的感官性将我们引入，又用撩人而充满感召力的方式把信息包装起来。他的内在冲突从未脱离你的视野——心理筹码与内部敌人自始至终都在幕前，令整本书融合一致，并为我们提供了继续读下去的动力。大体上，他开辟出一片亲密的心灵空间，那颗以丰富的多样性进行观察、记忆、分析和思索的心灵，把我们牢牢拴住。你在阅读赫尔的时候，会渐渐发现他就像个朋友一样，熟悉亲切又温暖人心。

这本书以表面怪异而荒诞的文风著称，开篇却是最廉价普通的一种——单调的记录性事实，对一件静止的人造物品的描述。赫尔由灌木丛中返回，研究在墙上留下的一幅古老地图。这是一处安静的场景，任何一位读者都不难想象自己置身其中。然后，一句话接着一句话，他搭建出让这本书著称于世的那种如爵士乐般绚丽的结构。

那幅地图是书中核心焦虑的具象化——大多数记者都在想方设法谋求的“硬数据”或“官方信息”竟然能每每避开有关人类痛苦与尊严的真正谜题，虽然发生在战场上的大屠杀昭示的正是这一难解之谜的答案。一名“真正的”记者只是简单数据的搬运工。可对我们而言幸运的是，赫尔抓住了自己的天赋，那种诗性的感受力和那双捕捉对话、故事与氛围的耳朵。他把那些冷冰冰的事实丢给可信的新闻记者来处理，而放飞了自己的真实本性，让它可以穿透事实，闪耀光辉。

> 我在西贡的公寓墙上有一幅越南地图，当某些夜晚，我疲惫得除了脱掉自己的靴子外不想再做任何事情时，就会躺在自己的床上盯着它看。那张地图曾是一幅奇观，既然它如今已不再是真实之物，只有更显奇幻。首先，它非常老旧，是几年前在此住过的另一位房客挂上去的。那位房客可能是个法国人，因为地图上标着巴黎制造。在潮湿的西贡的热空气中蒸过几年，纸张的边都已经扭曲变形了，仿佛为图中勾画的国家披上了一层面纱。越南按照旧制被划分为东京、安南和交趾支那等地区。地图向西穿过老挝和柬埔寨，还有一个暹罗，那是一个王国。太老旧了，我会告诉参观者说，那是一幅相当老旧的地图。
>
> 如果“已故”之地能如已故之人一样还魂阳间缠在你的左右，那么它们就可以在我的地图上写下“当今”的名字，再烧掉他们从 1964 年开始使用的那些地图。但请信我吧，这种情况是绝不可能发生的。如今已经是 1967 年了，哪怕最详尽的地图也

没办法提供更多的信息了；读这些地图就好像在读越南人的面孔，而那又等同于去读一阵风。我们知道，绝大多数信息在使用的时候是充满弹性的，不同的一片片土地对不同的人讲述着不同的故事。我们还知道，多年以来，这里似乎已经不再有国家了。这里只有战争。

1. 每次取一个短语。**有一幅越南地图。**如果赫尔在写作《越战亲历记》时受到过当下狂热流行的“过火”戏码的影响，那么他也许就会在开篇时展示出某些激烈炽热、残忍血腥的作战画面。相反，他却以一个感官性客体和自己对它的反思作为开端。那是一件寄托“真实”之物，地图的本意是为了传达一种确实性。我们本该可以借助它们找到各自要走的路。这个不起眼的近乎乏味的日常物件，恰好被遗落在他临时居住的公寓里，而他便以此开篇。

2. **疲惫得除了脱掉自己的靴子外不想再做任何事情。**赫尔不仅仅是在告诉我们他很累；他还为我们提供了形容疲惫程度的夸张证据。这又是一个感官性的时刻，属于我们都可以理解的类型。

3. **那张地图曾是一幅奇观，既然它如今已不再是真实之物，只有更显奇幻。**这是他在内心对这张地图的解读——它是一个奇观，某种奇迹一般的现象，而这正是几乎贯穿了整本书的一个母题。这句话介绍了他对于战争的不现实性的定义。

4. **首先，它非常老旧，是几年前在此住过的另一位房客挂上去的。那位房客可能是个法国人，因为地图上标着巴黎制造。**古董气息为这幅地图添上了一抹特别的光芒——一种精神价值，如果你愿意这么说的话。我们还看到赫尔的心灵对真相的探索，根据它在巴黎制造这一信息，猜测它可能是一位法国人留下的。这是他第一次使用“可能”这个词，这是更为真诚的回忆录作家的合格标志。他在向我们展示他正在运转的头脑、他的思虑以及他在如何努力依据铁证来推测真相。

5. **在潮湿的西贡的热空气中蒸过几年，纸张的边都已经扭曲变形了，仿佛为图中勾画的国家披上了一层面纱。**这又是一处感官性的证据，描写出西贡的热带感。在那里，自作多情的空气暗暗渗入，扭曲了纸面的形状，正如他将为我们展示的那场战争，也会让他和他遇见的那些人扭曲变形。物理性的面纱或迷雾作为一种事实性的隐喻而出现，象征着“阴森”或神秘。有关这场战争的所有真相，都“披上了面纱”，正如那幅地图一样。

6. **越南按照旧制被划分为东京、安南和交趾支那等地区。地图向西穿过老挝和柬埔寨，还有一个暹罗，那是一个王国。**这些过去的地名发出了一种异域般的回音，而赫尔把它们重新开列出来，表现出他对历史知识的浓厚兴趣。暹罗作为王国的形象，能唤起我们这一代人对《国王与我》（*The King and I*）这首音乐的回忆。即使你没有这种联想，仅凭它是王国这一简单的事实，便已经足以暗示出一片迷人的疆土了。

7. **如果“已故”之地能如已故之人一样还魂阳间缠在你的左右，那么它们就可以在我的地图上写下“当今”的名字，再烧掉他们从1964年开始使用的那些地图。**遭受亡者的侵扰，是这本书的一道心理驱动力，而这也是赫尔第一次建议烧掉某些有关这个国家的不实描述——在这里是指军方使用的地图。来自最高指挥部的虚假信息，贯穿全书，是让真相变得模糊不清的力量之一。在赫尔眼中是如此——而通过他，在我们眼中也是一样。他在这里称他们为“他们”，将他们和他隔离开来，互为他者。大写的“当今”（CURRENT）戏仿了一种军事人员使用的官方印章。大写字母本是对确定性的暗示，可是其实——在赫尔对这场战争的理解中——总是虚假的。他占领了一所预言家的风月场。

8. **但请信我吧，这种情况是绝不可能发生的。**“请信我吧”（count on it）是一小句嬉皮士风格的用语，将你引入赫尔经常使用的那种更加亲密和口语化的言语之中。这种感叹词在他与读者之间形成了一条纽带。而在字面意义上，他还道出了军人永远不会怀疑他们所持地图的精确性，因为他们缺乏好奇心和思想的流动性。这让改变他们的想法成为不可能的事，于是他们也就不可能接近真相。

9. **如今已经是1967年了。**一句简单的事实陈述，将我们领到了他在当地的时间和冲突的制高点。这个短语跟在“阴森”的上一句话之后，注入一剂日常的现实性。

10. **哪怕最详尽的地图也没办法提供更多的信息了。**这又是在说，你无法从军方的地图和“官方”的证据中得到真实的信息。我们只能依赖书中暗示的那种“阴森”。

11. **读这些地图就好像在读越南人的面孔，而那又等同于去读一阵风。**在这一优美的隐喻中，甚至连当地人也不可能“读”了，于是他们也无法作为消息的来源，同时它还为原住居民营造出一种神秘感。风也是不可见之物，神秘如掩在地图上的潮润的面纱和在他身边萦绕不去的鬼魂。

12. **我们知道，绝大多数信息在使用的时候是充满弹性的，不同的一片片土地对不同的人讲述着不同的故事。**这是赫尔第一次使用“我”这个词。它似乎指代除了最高指挥部之外的每一个人，而且它还以某种方式邀请读者也共同参与他的思考。这里再次强调，锁定真实“故事”的不可能性，是他整本书都在追求的东西，驱动着他向前进。

13. **我们还知道，多年以来，这里似乎已经不再有国家了。这里只有战争。**尽管几乎一切都是虚假的信息，但有一个事实是“我们”——他和其他通讯记者？他和战争中的每个人？他和我们读者？——确定知道的。我比较倾向于认为，他囊括了上述所有的可能性。战争吞噬了一切。战争就是一切。

这番对于信息奇妙用法的设置，把我们领到了赫尔的前三名人物面前。这三种口音是（虚假）信息的三座主要竞技场——一位美国媒体官员，完全一头雾水；一名全副武装、高大威猛、依赖药物的勇士，是个为战斗而生的男人；还有赫尔自己这个高度警觉的中介物，战斗时在恐惧中蜷伏。媒体官员和勇士对于各自的信念都充满自信；赫尔是那个陷入困惑的人。而他的迷惑，却将成为我们的家、我们的确定性和我们的栖息之地。

三个人物在相互衬托之下呈现出各自鲜明的形象，首先亮相的是那位官员，他以官方的语言展开报告。在一次直升机巡游中，他在空中为赫尔解说，下面那片曾名为“胡博林地”的地区，是如何在袭击中被彻底“抹去”的——化学武器、军事碾压和无尽的火焰令这片土地面目全非，“摧毁了上百英亩的庄稼和树林”。那位官员在描述这个过程的时候，似乎是非常兴奋的，他已经把同样的故事一遍又一遍地讲给了每一位参观者。赫尔冷眼端详着这家伙表面上的兴奋，任由他为这个故事歌功颂德，直到他最终把这家伙的口音纳入他自己的内心。到最后，赫尔的思想完全吞掉了这家伙的口音，展开了一句冗长的使用官方辞令的废话，而在结尾处最终扭转为赫尔自己的判断：

> 这似乎能让他保持年轻，他的激情让你感觉到，即使在他写给妻子的家书里，也充满了这些言辞。这实在地展示出，一旦你掌握了使用方法和硬件，能做出什么样的事……而如果在那次军事行动几个月后，敌军在C战区更大范围内的动作有“显著”的增加，而美方的损失在不断成倍增加，那么在随便哪个该死的胡博林地里就什么也没有发生过了，你最好信我。

这是赫尔第一次盗用某人的口音，利用它作为一种媒介来传递信息——“在随便哪个该死的胡博林地里就什么也没有发生过了，你最好信我。”把其他人的口音转移到自己的脑内，是他作为叙述者与你拉近关系的一个途径，也会让你觉得他写到的那些经历不再那么疯狂。

官员的口音与赫尔超现实的魔幻口音形成了鲜明的反差——后者是一个“没有为战争做好精神准备”的人。他是下一个人物，我们看到他提心吊胆地怀着深深的恐惧混入军队。他和猪佬们走得到底有多近？在一次急速夜行军中，他开始嗅到他们可怕的呼吸。

> 在夜里行军的时候，医生会给你药丸，吃了右旋苯异丙胺之后，呼吸会变得像在罐子里浸泡时间过久的死蛇。我自己从来没感觉到有吃药的必要，一次轻微的交火或者任何听起来像是交火的声音都会让我奔跑的速度超越自己的极限……一公里外发出几声枪响，就像有一头大象踩在了我的胸口，把压力直传到我的靴子上，让我奔跑逃命。

紧接着，他又展现了这场战争恐怖秀的另一面——一个精于此道的人——一名身着全副武装的远距离勘察兵“乐普”，他的一只口袋里装着右旋苯异丙胺，另一只口袋里装着镇静剂。

> 我猜他睡觉的时候眼睛都是睁开的，反正无论怎样我都很怕他。我能做到的极限也就是朝他快速地看上一眼，而那感觉就像是看到了一片“海洋的底面”。他戴着一只金耳环，用从迷彩降落伞上扯下来的材料做了一条头带，因为没有人提醒他剪一下头发，他的头发就一直留到肩膀以下，盖住了一块厚厚的紫色伤疤。即使在军事基地里，他不管走到哪儿，也一定会携带着一把0.45厘米口径的手枪和一把军刀。而因为我不愿意手持武器，他就觉得我是个怪胎……他的脸为了潜伏夜行涂满油彩，像一种糟糕的魔术，这同我在几周前在旧金山看到的那些涂画的面孔

大不相同[①]，那是属于同一场战争的另一个极端。

所有这些不同的人都像前面那幅地图上的地点一样。他们由历史和地理的巧合牵到一处，而真正把他们拴在一起的，是赫尔那个好奇、仁爱、恐惧、美好而担忧的心灵。

于是，他从一开始便帮我们做好了心理准备，去接受不同口音的交织以及语调在轻快与阴沉之间的突兀转换。身为一名作家，你不能任性地直接把各种东西挤在一起，期望读者能够魔法般地了解你脑中所想之物。你必须缓缓启动，做好铺垫——就像用面包屑为读者留下一道线索。然后这些过渡可以在整本书的推进中越来越快。当你熟悉了这个方法之后，面包屑可以越撒越少，直到最终消失。到最后，只剩下加速的跳跃剪辑，但是读者已经掌握了前后两幅画面之间隐形的联系。

认真学写回忆录的学生，可以用这种方式对任何一位大师进行解剖或分析，把原本似乎浑然一体的散文篇章拆解开来，找到其内在的结构。

① 大概指旧金山反战游行。

24 反抗自负：修改礼赞

> 恰如其分的词和几近恰如其分的词之间的差别，与萤火与萤火虫之间的差别一样。
>
> ——马克·吐温

我认识的每一位稍微有点可取之处的作家，花在“失败”上的时间都要远多于花在“胜利”上的时间——如果成功意味着打出一页润饰好的文字，可以原封不动地付印成书。码字员只有通过反复修改，才能敲打出好的作品。不妨去看看叶芝原稿中那些支离破碎的修改痕迹或者埃兹拉·庞德对艾略特的《荒原》（*Waste Land*）颐指气使的编辑。没有伤筋动骨的大修，那些作品也许早就如石沉大海一般淹没在历史之中了。

我一生都追在各种作者身后逼着他们给我建议，但其实我从每张嘴里听到的事实不过以下三点：（1）写作是痛苦的，只有对于新手、特别年轻的作家和雇佣文人来说才是“有趣”的；（2）除了极少数幸运的特例以外，好的作品只有通过修改才能产生出来；（3）最善于修改的人通常都有一种阅读习惯，熟悉距离当下时代相当久远的作品，这会帮助他们培养一种历史感，并提高他们对品质标准的要求。

阅读以古风语言写作的作品，对很多读者来说都是件困难的事。我在年轻的时候也讨厌那些老古董，常常捏着自己的鼻子，囫囵吞枣般地读他们的作品，就像在喝一茶匙恶臭的鱼肝油。他们都是富有的白人男性。所以，我的起步非常慢，一开始只读与我自己所处时代最接近的作品，摸索着回溯过去之路。弗兰克·康罗伊提到过罗伯特·格雷夫斯，他只是早一个时代的人；格雷夫斯提到了萨缪尔·约翰逊，于是我先去读了约翰逊的传记。T. S. 艾略特提到了马拉美、瓦雷里和波德莱尔。我就是这样从眼前的英雄入手，沿着时间线索向上游寻觅。

因为我对于如何成为一名作家始终抱有浓厚的兴趣，所以我还狼吞虎咽了很多文学家的传记——瓦尔特·杰克逊·贝特为济慈和柯勒律治撰写的传记；艾妮德·斯塔基笔下的波德莱尔与兰波；戴安·米德布鲁克笔下的安妮·塞克斯顿；伊恩·汉密尔顿笔下的罗伯特·洛威尔；保罗·马里亚尼笔下的威廉·卡洛斯·威廉姆斯。了解一个人所处的历史时期经常可以帮助我在当时的语境下理解他们的风格——究竟是什么样的文学氛围、时尚与价值铸就了他们笔下的篇章。

返回历史中展开阅读会为一名作家培养出更高的品质标准。你可以成为当下流行杂志的奴隶，也可以成为历史的奴隶。历史的奴隶更难做——但也更稳妥——那些书更好，因为它们已经过时间的披沙拣金。没错，文学正典仍然有深刻的缺陷，而且也仅是刚刚开始上路。但有一个不变的事实是，历经几个世纪而不衰的作品已经通过了那段时间的过滤。将其与当下为表达某种潮流或时尚而书写的作品相比，比如写有关“9·11”的作品，便可一目了然。抱着想要流传于世的心态写作，还会拔高你的眼界，超越极度不公正（而且常常比你愚蠢很多）的市场中那些阴晴不定的变幻，不与种种欺骗者和江湖骗子为伍。

然而，在你可以开始自省地写作之前，还要经历一个培养批判性自我的阶段，让自己变成一个恶意的自觉者。我们的三年制艺术硕士班上的某些学生，入学时总爱为自己的每一个词展开辩护；等学到中期，进入第二年之后，决心更坚定的学生们总会为他们自己的文章感到绝望。经过阅读和思考，他们的品位已经超越了他们的技艺水平。所以当眼高手低的他们望着自己面前空白的纸页时，无法再把脑海中想象之物投射在作品之中。

这些学生也没办法回头重拾他们那些老把戏了——他们如今已经看穿了那些把戏。但令他们清醒过来的自觉又让他们倍感沉重，就好像在披着卸不掉的盔甲跳舞，笨拙而窘迫。但是到了第三年，大多数人似乎都锻炼出足够强健的肌肉，能够在那副盔甲中行动自如了。自我意识回归为单纯的自觉。而其他人仍然无法接受修改；他们视自己为先锋派，于是每个不喜欢他们作品的人都只是蒙昧之人而已。[友情提示：如今的先锋派（avant-garde）……该算是后卫派了（garde）[①]。]

修改是可以解决他们遇到的麻烦的秘诀，对于你也同样如此。此外，一种超越你的能力范畴的品质感，会为你提供值得奋斗的目标。其实，每个作家都需要两个自我：写作式的自我和编辑式的自我。

在起稿早期，写作式的自我如同发射机关枪一样下笔，为每一个笔画喝彩。等到一个月左右的时候，这种勤奋乐观的生物就快被榨干了，这时大概写了二百页上下的样子。

然后，编辑式的自我现身，拿起写好的篇章掂了掂重量，不屑地哼唧一声，然后说：看过了，可是……编辑把两百页压缩到了三十页左右。我不是说他把多余的部分直接砍掉了；他是把整锅东西一并煮沸，把水分蒸发，好让等量的东西获得更经济的呈现。

编辑式的自我只考虑如何节约读者的时间，为他们塑造出一段更有情绪力量的经历。他无法关掉抱怨、质疑和疑虑的开关。

我发现写作式的自我越来越难继续下去。但是愚蠢如我，也能允许自己像野蛮人一样地在纸页上乱跑，写下的句子像树桩一样呆木，也极少能瞥见什么漂亮的东西。关键在于，要把场景给写下来。让你的思维顺着一条条小径漫步下去，也许会遇到死胡同，可那正是这一过程的本质。

在写《重生之光》时，我花了大概两年的时间书写自己在加州、墨西哥、英国的短暂停留以及和几任男朋友的故事，后来我才意识

---

① avant-garde 本意是前卫，后被一种艺术流派借用，作为“先锋派”的专有名词。garde 是法语中守卫的意思。此处作者借用本义的双关，把前锋和后卫作为一对概念形成一种反讽关系。

到，那些故事——那时已经积累了几百页——缺乏情感重量。那就是一段喝着酒消磨时光的年轻日子，肤浅、轻松、闪耀；相比之下，在我生命中更加折磨人的阶段，表面没有那么亮的光泽，因而也就更难唤醒。另外，我曾发誓不再写有关我母亲的事情了，于是那几百页的故事跟我的母亲没有一毛钱的关系。可是——意外之喜！——我真正需要写的内容，却正与我的母亲有关——为了成为一名母亲，我如何必须找到与我对自己母亲的记忆和平相处的方式。

之前写成的那几百页纸虽然被我抛弃了，可它们在某种意义上还是必要的。它们是我必须拜访的铁路小站，只有经停过那里，我才能最终把它们从我的旅程路线中删除。

当一切刚刚开始，你尚未写满一页纸的时候，你必须得鼓励自己把东西捣鼓出来，哪怕它们之后会遗落到那间专为删除文字准备的房间。每一页都会把你带到在抵达下一个地点前必须经过的地方。你跌跌撞撞、曲折向前，在低落的时刻，只需要继续咬着牙向前迈步——说出让你产生强烈感觉的下一件小事，努力在那片独特的瞬间中注入清晰的记忆，你需要毫无疑问地确信，这一瞬间的记忆既是真实的，又对于你成为什么样的人起到过重要的作用。

这种方法一旦奏效，就好像一道施出去的魔咒一样。对我来说，过去的自己在记忆中比过去的世界更加清晰——我的感受、我的阴谋和我骗过的人。可是我写下来的文字很少有漂亮的，那些句子简直太索然无味了。

这时，编辑式的自我又重新回来，开始反反复复地梳理文字，拆开每个瞬间，而向前的动力也随之再现。大多数情况下，我都会保留一个大概的观念，然后努力把它们以感官性的方式或者戏剧化的故事形式加以呈现。我还会就很多我自以为深信的东西展开自我盘问：你确定那件事发生了吗？它为什么讲得跟你不一样？而因为我是从感官出发进行写作的，所以我在过去的空间里写下了大量对自己身体运动的描述。

在整个过程中，我从未停止发问。这件事真的至关重要吗？你写这一部分是为了摆出酷炫或聪明的姿态吗？

对我而言，一本书最后20%的提高，需要占用95%的努力——功夫全在编辑上了。我可以诚实地说，我在任何地方发表过的任何一页文章，都与它的第一稿相差甚远。一首诗也许会改上六十遍。我作为一名写作者并不怎么样，但我作为一名修改者，就像一条顽固的斗牛犬。

就长远来看，如果你抱着好奇心进入修改的过程，会感觉更好。每一条编辑标记不应作为一处“错误”而威胁到作者的自我。提醒你自己，修改证明了你对读者的用心和你自己的野心。写作，不管最后的结果如何——好或坏，出版或不出版，备受好评或遭到猛击——都是一次在通常充满丑陋的世界中对于美的称颂。于是，你要为典雅和优美而战，重写甚或砍掉那些松垮而无序的篇章。

把标准定得太高，以至于可怜的我永远都不可能达到，这竟创造出一种奇怪的自由。如果莎士比亚是我的参照对象，那么我至少不再需要为泥泞而莫测的销售市场而担忧。古怪的是，当我进入良好的写作状态之后，作品就不再是关于我个人的了，即使在写回忆录的时候也是这样。

在纸页上改写是相对更安全的工作。在画作上进行改动就很危险了，你可能把一个地方改好，却毁了整幅画。表演家则完全没有修改的余地。但一位作家却可以不断重返最初的草稿。要点是，对这部作品可能达到的更好形式保持更多的好奇心，而不要为了你的自尊而形成更强的自我保护。

所以，试着学习如何砍掉那些沉闷的部分吧。时至今日，哪怕在最小的小镇，你也能在咖啡馆的墙上或者社区的活动中心里找到关于作家工作坊的信息。即使是一组不够优秀的写作同伴，也能够代表你潜在的读者发言，从而帮助到你。他们比你自己脑子中那间密室里的回声可要好得多了。

历史上最伟大的回忆录之一，是 G. H. 哈代的《一个数学家的辩白》(*A Mathematical Abilities*)。接近自己生命尾声的哈代感觉到他数学能力在衰退，于是想杀死自己。他是一个学究式人物，几乎很少有深刻的情感表现，是大英帝国培养出来的那种在星期日独自观看板球赛的单身汉典型。他在剑桥时期的朋友 C. P. 斯诺在一家医院里找到了他，听他凄凉地嘲讽自己，因为服用接近致死量的药而把自己搞得一团糟。斯诺在序言中讲了哈代的这个故事，简直令闻者心碎：

> 他的眼圈青肿发黑，那是闹剧留下的印记。药物引起的呕吐，让他把头撞在了盥洗室的洗脸盆上……我不得不展开一场挖苦的游戏。我从来没有像这样讨厌过讽刺，但是这场游戏我必须得玩。我谈论了一些自杀失败的著名案例。谈谈“二战”中那些德国将军怎么样?

哈代决定继续活下去。斯诺说，“他那种冷酷而理智的坚韧主义又复活了。”但是他其实很虚弱，他和很多虚弱的老年人一样在等待死亡。某一天，我们绝大多数人也会像他一样。

哈代的存世是一种勇气的深刻表现，而每当我对自己的作品深感失望，或者那个顾影自怜的暗黑怪客在阴影中向我发出诱惑——你的书实在太微不足道了，你这个装腔作势的家伙！——我常常会在哈代那本薄薄的小书里找到安慰，虽然在他的热情彻底感染我之前，那本书讨论的话题于我而言都相当无聊。

哈代在书的结尾，为想要成一番事的人们留下了最为残忍同时又最包含希望的一句信条。

> 我从来没有做过任何“有用”的事。我的发现未曾而且将来也不大可能为世界带来哪怕是一丁点儿的改变，不论是直接还是间接，不论是好是歹……以所有的实践性标准来判断，我的数学生命的价值都是零，而在数学之外的价值，也微不足道……
>
> 我往人类的知识里添了一点儿东西，还帮助别人添了更多的东西；这些东西在价值上与那些伟大数学家或者大大小小的艺术家的创造只有程度上的差距，而没有性质上的差别，我们都在各自的身后留下了特别的纪念。

在我的学生们毕业的时候，我常常把这一段话递到他们的手中，提醒他们说，每一个想要奋力成事的人，不管他们在市场的评判中是成功还是失败，都已经跨入与巨人对话的行列。我们都在同一个竞技场中，而我们的努力“只有程度上的差距，而没有性质上的差别”。

拿起手中的笔，让你成为几千年以来作家传统的一部分，那里有荷马，有托妮·莫里森，还有在洞穴中刻画水牛的远古艺术家。在眼下的明星时代里，梦想成为一名作家似乎有点儿太土气了，甚至连学者们都在高声疾呼，作家已死。随便出席一场图书颁奖礼，我们都像是美国最平庸的家庭录像中的人物一样。我们看起来个个都是内向的傻瓜，我们把饮料洒在礼服上，在自拍照里表现得一塌糊涂。

但我还是对我们自己感到敬畏——没错，我崇敬那些以自己艰难生活为墨书写出永恒之美的大师们，但我也为我们剩下的这些人深感自豪，我们每个人都从各自生活糟糕透顶的混乱里努力地拧出些许真实，表现出了伟大的勇气。把自己主动引向他人，让整个星球都不再那么孤单。由每个人的努力构建而成的高贵，让心灵惊叹。

而我现在只想让你再想一想那位不自信的老年哈代，他在自己的评判标准下是一名失败者。他没有留下名垂千古的美妙而重要的功绩，他不是爱因斯坦，也不是牛顿。我无法评判他在数学方面的成就，也许如他所认为，是微不足道的，也许不是。然而被他贬低至极的那本书，虽然至今仍由一家小出版社发行，却是据我所知阅读最为广泛的一本由数学家写成的回忆录。而且每当我重读的时候，它都会像迪士尼世界中的精灵一样，把亮晶晶的仙尘撒落在我的身上。关于我们生命的价值，向来无人知晓。我们也不知道各自孤单而静默的书写，如何能为这世界增添一缕微笑。我只但愿写作能改变我们，一个人接着一个人，从头至踵。

附　录

加星标的回忆录是我曾教过的。这是否代表它们写得更好？当然。

*Adams, Henry. *The Education of Henry Adams* and *Mont-Saint-Michel and Chartres.*

*Allende, Isabel. *The Sum of Our Days.*

*Als, Hilton. *The Women.*

Amis, Martin. *Experience.*

*Angelou, Maya. *I Know Why the Caged Bird Sings.*

Antrim, Donald. *The Afterlife.*

*Arenas, Reinaldo. *Before Night Falls.*

Ayer, Pico. *Falling Off the Map.*

*Saint Augustine. *Confessions.*

Baldwin, James. *Notes of a Native Son.*

*Batuman, Elif. *The Possessed: Adventures with Russian Books and the People Who Read Them.*

*Beah, Ishmael. *A Long Way Gone.*

Beck, Edward. *God Underneath: Spiritual Memoirs of a Catholic Priest.*

*Bernhard, Thomas. *Gathering Evidence.*

*Black Elk. *Black Elk Speaks.*

Blow, Charles M. *Fire Shut Up in My Bones.*

Bourdain, Anthony. *Kitchen Confidential.*

Boyett, Micha. *Found: A Story of Questions, Grace, and Everyday Prayer.*

Brave Bird, Mary. *Lakota Woman.*

Brickhouse, Jamie. *Dangerous When Wet.*

*Brown, Claude. *Manchild in the Promised Land.*

*Buford, Bill. *Among the Thugs* and *Heat.*

Burgess, Anthony. *Little Wilson and Big God: Being the First Part of the Confessions of Anthony Burgess.*
Busch, Benjamin. *Dust to Dust.*
Cairns, Scott. *Short Trip to the Edge.*
Carr, David. *The Night of the Gun.*
Carroll, James. *Practicing Catholic.*
*Chaudhuri, Nirad C. *The Autobiography of an Unknown Indian.*
*Chatwin, Bruce. *In Patagonia.*
Chast, Roz. *Can't We Talk About Something More Pleasant?*
*Cheever, Susan. *Home Before Dark.*
*Cherry-Garrard, Apsley. *The Worst Journey in the World.*
Churchill, Winston. *My Early Life, 1874–1904.*
Ciszek, Walter, SJ. *With God in Russia.*
*Coetzee, J. M. *Boyhood.*
Collins, Judy. *Singing Lessons: A Memoir of Love, Loss, Hope, and Healing.*
*Conroy, Frank. *Stop-Time.*
Conway, Jill Ker. *The Road from Coorain.*
Covington, Dennis. *Salvation on Sand Mountain.*
*Crews, Harry. *A Childhood: The Biography of a Place* and *Blood and Grits.*
*Crick, Francis, and James Watson. *The Double Helix.*
Crowell, Rodney. *Chinaberry Sidewalks.*
Dau, John Bul. *God Grew Tired of Us.*
*Day, Dorothy. *The Long Loneliness.*
*Dinesen, Isak. *Out of Africa.*
*Didion, Joan. *The Year of Magical Thinking.*
*Dillard, Annie. *An American Childhood.*
*Doty, Mark. *Heaven's Coast.*
Douglass, Frederick. *Narrative of the Life of Frederick Douglass, an American Slave.*
*Du Bois, W. E. B. *The Souls of Black Folk.*
Dubus, Andre, III. *Townie.*
Dunham, Lena. *Not That Kind of Girl.*
Dylan, Bob. *Chronicles.*
Eggers, Dave. *A Heartbreaking Work of Staggering Genius.*
Eire, Carlos. *Waiting for Snow in Havana: Confessions of a Cuban Boy.*
*Exley, Frederick. *A Fan's Notes.*
Fey, Tina. *Bossypants.*

Forna, Aminatta. *The Devil That Danced on the Water.*
Fox, Paula. *Borrowed Finery.*
Frame, Janet. *An Autobiography.*
Frankl, Viktor. *Man's Search for Meaning.*
Franklin, Benjamin. *The Autobiography of Benjamin Franklin.*
*Frazier, Ian. *On the Rez.*
Frenkel, Edward. *Love and Math.*
Fuller, Alexandra. *Don't Let's Go to the Dogs Tonight.*
*García Márquez, Gabriel. *Living to Tell the Tale.*
Gellhorn, Martha. *Travels With Myself and Another.*
Geronimo. *My Life.*
Gilbert, Elizabeth. *Eat, Pray, Love.*
*Ginzburg, Yevgenia. *Journey into the Whirlwind.*
*Gourevitch, Philip. *We Wish to Inform You that Tomorrow We Will Be Killed with Our Families.*
*Graves, Robert. *Good-Bye to All That.*
Gray, Francine du Plessix. *Them: A Memoir of Parents.*
Grealy, Lucy. *Autobiography of a Face.*
Greene, Graham. *A Sort of Life.*
Guevara, Ernesto Che. *The Motorcycle Diaries.*
*Haley, Alex, and Malcolm X. *The Autobiography of Malcolm X.*
Hamilton, Gabrielle. *Blood, Bones & Butter.*
Hampl, Patricia. *A Romantic Education.*
*Hardy, G. H. *A Mathematician's Apology.*
*Harrison, Kathryn. *The Kiss.*
*Haxton, Brooks. *Fading Hearts on the River: A Life in High-Stakes Poker.*
*Hemingway, Ernest. *A Moveable Feast.*
*Herr, Michael. *Dispatches.*
*Hickey, Dave. *Air Guitar.*
Hogan, Linda. *The Woman Who Watches Over the World.*
Hongo, Garrett. *Volcano: A Memoir of Hawai'i.*
Hooks, Bell. *Bone Black.*
Huang, Eddie. *Fresh Off the Boat.*
*Hurston, Zora Neale. *Dust Tracks on a Road.*
Irving, Debby. *Waking Up White.*
Jackson, Phil. *Sacred Hoops.*
Jacobs, Harriet. *Incidents in the Life of a Slave Girl.*
Jamison, Kay. *An Unquiet Mind.*

Jordan, June *Soldier: A Poet's Childhood.*
Keller, Helen. *The Story of My Life.*
Kidder, Tracy. *House.*
*Kincaid, Jamaica. *My Brother.*
King, Stephen. *On Writing.*
*Kingston, Maxine Hong. *The Woman Warrior.*
Knausgård, Karl Ove. The *Min Kamp* (*My Struggle*) series.
*Krakauer, Jon. *Into Thin Air.*
Lawrence, T. E. *Seven Pillars of Wisdom.*
Least Heat-Moon, William. *Blue Highways: A Journey into America.*
*Levi, Primo. *Survival in Auschwitz.*
*Lewis, C. S. *Surprised by Joy.*
Liao Yiwu. *For a Song and a Hundred Songs: A Poet's Journey Through a Chinese Prison.*
Lopate, Philip. *Against Joie de Vivre.*
*Lorde, Audre. *Zami: A New Spelling of My Name.*
*Lowell, Robert. "91 Revere Street," in *Life Studies.*
Macdonald, Helen. *H Is for Hawk.*
Malan, Rian. *My Traitor's Heart.*
Mandela, Nelson. *Conversations with Myself.*
*Mandelstam, Nadezhda. *Hope Against Hope* and *Hope Abandoned.*
Manguso, Sarah. *The Two Kinds of Decay.*
*Mantel, Hilary. *Giving Up the Ghost.*
*Markham, Beryl. *West with the Night.*
Martin, Steve. *Born Standing Up.*
*Matthiessen, Peter. *The Snow Leopard.*
Mayle, Peter. *A Year in Provence.*
*McBride, James. *The Color of Water.*
McCarthy, Mary. *Memories of a Catholic Girlhood.*
*McCourt, Frank. *Angela's Ashes.*
McPhee, John. *Coming into the Country.*
*Merton, Thomas. *The Seven Storey Mountain.*
*Milburn, Michael. *Odd Man In.*
*Mingus, Charles. *Beneath the Underdog.*
Momaday, N. Scott. *The Names.*
Monette, Paul. *Borrowed Time: An AIDS Memoir.*
Moody, Anne. *Coming of Age in Mississippi.*
Murakami, Haruki. *What I Talk About When I Talk About Running.*

*Nabokov, Vladimir. *Speak, Memory.*
Nafisi, Azar. *Reading Lolita in Tehran: A Memoir in Books.*
*Neruda, Pablo. *Memoirs.*
Nolan, Ty. *Memoir of a Reluctant Shaman.*
Norris, Kathleen. *The Cloister Walk.*
Oates, Joyce Carol. *A Widow's Story.*
Olsen, Tillie. *Silences.*
*Ondaatje, Michael. *Running in the Family.*
O'Rourke, Meghan. *The Long Goodbye.*
Orwell, George. *Homage to Catalonia, Burmese Days,* and *Down and Out in Paris and London.*
Parker, Mary Louise. *Dear Mr. You.*
*Patchett, Ann. *Truth & Beauty.*
Pirsig, Robert. *Zen and the Art of Motorcycle Maintenance.*
Raban, Jonathan. *Bad Land.*
Radziwill, Carole. *What Remains.*
Raphael, Lev. *My Germany.*
Red Cloud, with Bob Drury and Tom Clavin. *The Heart of Everything That Is.*
Reed, Ishmael. *Blues City.*
Rios, Albert. *Capirotada: A Nogales Memoir.*
*Rodriguez, Richard. *Hunger of Memory: The Education of Richard Rodriguez.*
Roth, Marco. *The Scientists.*
Russell, Bertrand. *The Autobiography of Bertrand Russell.*
*St Aubyn, Edward. The Patrick Melrose novels.
Sallans, Ryan. *Second Son.*
Santiago, Esmeralda. *When I Was Puerto Rican.*
Sartre, Jean-Paul. *The Words.*
*Sassoon, Siegfried. *Memoirs of an Infantry Officer.*
*Shackleton, Ernest. *South: The Endurance Expedition.*
Shakur, Assata. *Assata.*
Shakur, Sanyika. *Monster: The Autobiography of an L.A. Gang Member.*
*Shteyngart, Gary. *Little Failure.*
Sleigh, Tom. *Interview with a Ghost.*
Smith, Patti. *Just Kids.*
Smith, Tracy K. *Ordinary Light.*
Solomon, Andrew. *The Noonday Demon.*

Sontag, Susan. *Illness as Metaphor.*
Soto, Jock. *Every Step You Take.*
Stahl, Jerry. *Permanent Midnight.*
Strayed, Cheryl. *Wild.*
Tan, Amy. *The Opposite of Fate: A Book of Musings.*
Theroux, Paul. *Old Patagonian Express.*
Tolstoy, Leo. *Childhood, Boyhood, Youth.*
Thompson, Ahmir-Khalib. *Mo' Meta Blues: The World According to Questlove.*
Thompson, Hunter S. *Fear and Loathing in Las Vegas.*
Trillin, Calvin. *About Alice.*
*Twain, Mark. *Autobiography of Mark Twain.*
Walls, Jeannette. *The Glass Castle.*
Wainaina, Binyavanga. *One Day I Will Write About This Place.*
Washington, Booker T. *Up from Slavery.*
Watt, Robert Lee. *The Black Horn.*
Weil, Simone. *Waiting for God, Gravity and Grace.*
*Welty, Eudora. *One Writer's Beginnings.*
White, Edmund. *My Lives.*
White, T.H. *The Goshawk.*
*Wideman, John Edgar. *Brothers and Keepers.*
*Wiesel, Elie. *Night.*
Winterson, Jeanette. *Why Be Happy When You Could Be Normal?*
*Wolfe, Tom. *The Electric Kool-Aid Acid Test.*
*Wolff, Geoffrey. *The Duke of Deception* and *A Day at the Beach.*
*Wolff, Tobias. *This Boy's Life* and *In Pharaoh's Army.*
Woolf, Virginia. *Moments of Being.*
*Wright, Richard. *American Hunger.*
*Yen Mah, Adeline. *Falling Leaves: The Memoir of an Unwanted Chinese Daughter.*
Zailckas, Koren. *Smashed: Story of a Drunken Girlhood.*

关于回忆录写作的有价值的参考书：

Adams, Timothy Dow. *Telling Lies in Modern American Autobiography.*
Leibowitz, Herbert. *Fabricating Lives.*
Shields, David. *Reality Hunger.*
Yagoda, Ben. *Memoir: A History.*

“创意写作书系”介绍

这是国内首次系统引进国外创意写作成果的丛书，是关于文学创作的教科书和自学指导。

写作需要天才吗？作家可以教出来吗？文学创作需要什么天赋、才能和技艺？作家的“黑匣子”里到底隐藏着什么样的秘密？如果想自学写作，如何无师自通？如果有几个志同道合的人一起练习写作，如何相互促进？如果有一个作家班，该如何授课？“创意写作书系”为读者提供了一把通往作家之路的钥匙，帮助读者学习写作技巧、克服写作障碍、规划写作生涯。

丛书书目

书名	作者	出版日期	阅读参考
《成为作家》	多萝西娅·布兰德	2011 年 1 月	一般指导
《写好前五页：出版人眼中的好作品》	诺亚·卢克曼	2013 年 1 月	一般指导
《创意写作大师课》	于尔根·沃尔夫	2013 年 7 月	一般指导
《诗性的寻找：文学作品的创作与欣赏》	刁克利	2013 年 10 月	一般指导
《你的写作教练》（第二版）	于尔根·沃尔夫	2014 年 1 月	一般指导
《创意写作教学：实用方法 50 例》	伊莱恩·沃尔克	2014 年 3 月	一般指导
《作家创意手册》	杰克·赫弗伦	2015 年 1 月	一般指导
《写作是什么：给爱写作的你》	克莉·梅杰斯	2015 年 10 月	一般指导
《从创意到畅销书：修改与自我编辑》（第二版）	詹姆斯·斯科特·贝尔	2016 年 1 月	一般指导
《开始写吧！：虚构文学创作》	雪莉·艾利斯	2011 年 1 月	虚构写作、练习
《小说写作教程：虚构文学速成全攻略》	杰里·克利弗	2011 年 1 月	虚构写作
《情节！情节！：通过人物、悬念与冲突赋予故事生命力》	诺亚·卢克曼	2012 年 7 月	虚构写作
《畅销书写作技巧》	德怀特·V·斯温	2013 年 1 月	虚构写作
《30 天写小说》	克里斯·巴蒂	2013 年 5 月	虚构写作
《故事工程：掌握成功写作的六大核心技能》	拉里·布鲁克斯	2014 年 6 月	虚构写作
《冲突与悬念：小说创作的要素》	詹姆斯·斯科特·贝尔	2014 年 6 月	虚构写作

《情节与人物：找到伟大小说的平衡点》	杰夫·格尔克	2014年6月	虚构写作
《经典人物原型45种：创造独特角色的神话模型》（第三版）	维多利亚·林恩·施密特	2014年6月	虚构写作
《写好前五十页》	杰夫·格尔克	2015年1月	虚构写作
《经典情节20种》（第二版）	罗纳德·B·托比亚斯	2015年4月	虚构写作
《故事工坊》	许道军	2015年5月	虚构写作
《弗雷的小说写作坊：劲爆小说秘境游走》	詹姆斯·N·弗雷	2015年7月	虚构写作
《弗雷的小说写作坊：让劲爆小说飞起来》	詹姆斯·N·弗雷	2015年7月	虚构写作
《弗雷的小说写作坊：悬疑小说创作指导》	詹姆斯·N·弗雷	2015年10月	虚构写作
《写小说的艺术》	安德鲁·考恩	2015年10月	虚构写作
《开始写吧！：科幻、奇幻、惊悚小说创作》	劳丽·拉姆森	2016年1月	虚构写作
《小说创作技能拓展》	陈鸣	2016年3月	虚构写作
《故事力学：掌握故事创作的内在动力》	拉里·布鲁克斯	2016年4月	虚构写作
《开始写吧！：推理小说创作》	雪莉·艾利斯	2016年7月	虚构写作
《小说创作谈：重思关于写作技艺的传统观念》	大卫·姚斯	2016年10月	虚构写作
《开始写吧！：非虚构文学创作》	雪莉·艾利斯	2011年1月	非虚构写作、练习
《故事技巧：叙事性非虚构文学写作指南》	杰克·哈特	2012年7月	非虚构写作
《一年通往作家路：提高写作技巧的12堂课》	苏珊·M·蒂贝尔吉安	2013年5月	非虚构写作
《写作法宝：非虚构写作指南》	威廉·津瑟	2013年9月	非虚构写作
《写出心灵深处的故事：非虚构创作指南》	李华	2014年1月	非虚构写作
《回忆录写作》（第二版）	朱迪思·巴林顿	2014年6月	非虚构写作
《开始写吧！：影视剧本创作》	雪莉·艾利斯	2012年7月	剧本写作、练习
《好剧本如何讲故事》	罗伯·托宾	2015年3月	剧本写作
《写我人生诗》	塞琪·科翰	2014年10月	诗歌写作
《网络文学创作原理》	王祥	2015年4月	网络文学写作
《写作魔法书：让故事飞起来》	加尔·卡尔森·莱文	2014年6月	虚构写作
《写作魔法书：妙趣横生的创意写作练习》	白铅笔	2014年6月	练习

THE ART OF MEMOIR by Mary Karr

Published by arrangement with Harper, an imprint of HarperCollins Publishers

图书在版编目（CIP）数据

自我与面具：回忆录写作的艺术/（美）玛丽·卡尔（Mary Karr）著；修佳明译. —北京：中国人民大学出版社，2017.11

（创意写作书系）

书名原文：The Art of Memoir

ISBN 978-7-300-23937-8

Ⅰ.①自… Ⅱ.①玛… ②修… Ⅲ.①回忆录-写作 Ⅳ.①I055

中国版本图书馆 CIP 数据核字（2017）第 021491 号

创意写作书系

自我与面具：回忆录写作的艺术

[美] 玛丽·卡尔 著

修佳明 译

Ziwo yu Mianju

出版发行	中国人民大学出版社		
社　　址	北京中关村大街 31 号	**邮政编码**	100080
电　　话	010－62511242（总编室）		010－62511770（质管部）
	010－82501766（邮购部）		010－62514148（门市部）
	010－62515195（发行公司）		010－62515275（盗版举报）
网　　址	http://www.crup.com.cn		
	http://www.ttrnet.com(人大教研网)		
经　　销	新华书店		
印　　刷	北京联兴盛业印刷股份有限公司		
规　　格	145 mm×210 mm　32 开本	**版　　次**	2017 年 11 月第 1 版
印　　张	8.75 插页 2	**印　　次**	2017 年 11 月第 1 次印刷
字　　数	154 000	**定　　价**	39.00 元